# 鎮家之寶

2

風文創 603

皓月 著

# 目錄

# 第三十章

安老大夫苦笑了一聲。「不管有無蹊蹺，總之這事對妳娘不利，咱就說這在曹家眼裡是怎麼看的，妳有想過沒？」

水瑤心頭有些煩躁，氣得來回踱步。「這是欺負我們家沒人了！我爹對我娘那殘存的情誼會因為這事而消失，那我娘在曹家就更難過了。他奶奶的，這主意也太歹毒了，這是要毀人名節啊！」

安老大夫點點頭。「是這個道理，所以我才急著過來找妳。丫頭，這事該怎麼辦，妳得有個主意，妳娘現在是百口莫辯了。好了，我得出診去，需要幫忙就吱一聲。」

水瑤點頭。

洛千雪夜裡私會男人的消息悄悄在曹家內流傳開來，曹雲鵬回家聽到這個消息，這心好像被架在火上烤似的，口乾舌燥，渾身都不對勁。

「到底怎麼回事，誰在瞎傳這事，小心項上人頭！」

「爺，我們也是聽護衛們說的，他們看到有人潛進洛千雪的屋子，剛開始還以為看錯了，畢竟她生著病，誰會沒事跑到她那裡去？況且她那屋子也沒啥值錢的東西，只是護衛看那人進去還熄燈了，這才開口問，就聽裡面的人大叫起來，護衛們這才進去的，且那人功夫不錯，連護衛都沒抓住他。唉，你昨晚沒回來不知道這事，估計這會兒全家都知道了。」沈姨娘邊給曹雲鵬換家常服，邊跟他說起這事。

曹雲鵬換好衣服，趕緊到老太太這裡。「娘！」

齊淑玉也在。「三爺，您回來了。」

曹雲鵬點點頭。「家裡到底怎麼回事，我聽說千雪那院子有人跑進去了？那些護衛都是幹什麼吃的，家裡有人闖入，他們竟然沒發現？」

老太太嘆口氣。「你先坐下來喝口茶。這事我也聽說了，護衛是看到一個男人闖進洛千雪的院子，至於在裡面幹什麼，他們也難說。我也覺得奇怪，你說洛千雪一個瘋了的人，怎麼還會有人惦記？」

老太太不是沒懷疑這件事，她不相信不遠千里帶孩子過來找她兒子，甚至為此失去兩個孩子的女人會做出這樣苟且的事，但萬事沒有絕對，一切很難說。

這個闖進來的男人到底目的何在呢？

或是背後有人指使？又有什麼好處？

想到這裡，她的眼神飄向齊淑玉。

難不成是這個女人？畢竟洛千雪被害後，她是最大的受益者，可看齊淑玉不像是心虛的樣子，且她也沒證據證明這事就是齊淑玉指使別人做的。

老太太道：「總之這事暫時不好說，也別這麼早下定論。昨晚衙門裡的事情很忙？」

「昨天跟人辦理交接手續，我還尋思著早點辦完，早點上任，誰想到會出這樣的事。您說未來知府老爺的家裡有人闖入，傳出去讓大家怎麼看？罷了，我先去吃點東西，回頭再過去看看。」曹雲鵬煩躁地說完就離開了。

齊淑玉面色不是很好看，老太太當然看出來了，她嘆口氣抓著她的手安撫道：「淑玉啊，老三這也是餓了，誰教衙門那邊也沒個做飯的地方。妳啊也別挑，好好的輔助老三，以後你們的好日子還長著呢。其實我們家老三能有今天，也是靠妳爹的提拔，回頭妳就去看看妳爹娘，怎麼也得表示一下謝意，別讓妳爹以為我們心裡沒數，再讓他以後多照顧一下雲鵬，畢竟在官場上他才是老前輩，雲鵬還得跟妳爹多學學呢。」

老太太的話讓齊淑玉很受用。「娘，我也不是挑他，您看看這當口出了洛千雪的事，知道我性子的人還好，不知道的人還以為我容不下那人了。」

老太太斜睨她一眼。「我相信妳不會做這種沒腦子的事情，洛千雪已經跟老三和離，妳才是曹家正頭三夫人，說起來她根本威脅不到妳什麼。對了，洛千雪那邊情況怎麼樣？」

昨天晚上鬧哄哄的，老太太過去看了一眼後就讓老大媳婦去處理這事，現在也不知道怎麼樣了。

說曹操，曹操就到。龔玉芬急匆匆地從外面走進來，鼻尖上都是汗。

「怎麼樣，那邊都處理好了？」老太太也顧不上別的，先問起洛千雪的情況。

「別提了，大夫看過了，說是驚嚇過度。護院說這窗紙上有個洞，現在誰也不知道是昨天晚上弄的還是後來弄上去的，不過兩個丫鬟指證說之前沒這個洞。娘，您是怎麼看的？」龔玉芬一臉憂色。

老太太略一思索開口道：「這事暗中繼續查，如果真跟外人有私情，也不會就只這一次，我是擔心還有別的事。總之讓家裡的護衛們加強防守，人手不夠就多招一些，這事妳讓老大和老二來負責，妳幫著把關就行。」

齊淑玉在一旁開口。「娘，不如把洛千雪送到咱們莊子上吧，留在家裡感覺還是不大妥當。」

老太太笑了。「這事以後再考慮，既然已經鬧了這麼一齣，現在更不能把人送走，怎麼也要查清楚。好了，妳們先下去忙吧。」

老太太都攆人了，妯娌兩個只能先出來。

「弟妹，妳說這個男人究竟會是誰呢？目的又何在？」龔玉芬不是沒懷疑這個妯娌，洛千雪那樣的人即便真有什麼相好的男人，也不會傻到在曹家做出什麼事情，更別說她不辭千里過來尋夫，唯一可能的就是有人陷害她，最大的嫌疑人恐怕就是眼前這個一直視洛千雪為眼中釘的齊淑玉了。

齊淑玉還一肚子委屈呢，一臉正色。「大嫂，我也想知道啊！出了這樣的事情，不是她本人幹的，那就是有人故意陷害，首當其衝就是我了。可我還不至於這麼傻吧，再說，我現在可是堂堂正正的官夫人，她就是個下堂的前妻，我還有什麼好不放心的，這事還是要好好的查查，至少也能還我一個清白不是？」說完她昂首挺胸的帶著丫鬟婆子先走了。

龔玉芬望著齊淑玉遠去的背影，心裡也滿是狐疑。

「夫人，您看看她張狂的！」龔玉芬身邊的丫鬟茯苓對齊淑玉的做派早就看不順眼，她都替他們家夫人憋屈。

「小聲點，當心隔牆有耳。」龔玉芬嘆口氣。「這也不是一天、兩天的事了，以後都小心點。」

「夫人，我知道了。」茯苓俏皮地吐了下舌頭。

此刻曹雲鵬正失魂落魄地進了洛千雪的院子，看到臉色蒼白、躺在炕上昏睡的洛千雪，他都沒法形容心中是什麼心情，原本以為自己可以放下，可是聽到她再次出事的消息，還是忍不住想過來看看。

「老爺，您可得為我們做主！」小翠彷彿看到救星一般，把昨天半夜發生的事跟他說了一遍。

「……真的，我們根本就不認識那個男人，而且當時我們的頭暈暈的，也都沒了反抗的力氣。我看到那個男人在翻夫人的首飾和箱子，也不知道他在找什麼，至於燈為什麼滅了，那是因為他聽到了外面有聲響……後來我們能出聲後，才大聲呼救，夫人本來身子就弱，她一直都沒清醒過來，就連護衛們進來了，她還是這樣……

「老爺，我和環兒都陪夫人住在這屋子裡，即使您不相信我的話，那也該相信環兒的話，她可是曹家的人。」

環兒在一旁幫著證明。「三老爺，翠兒姊說的是真的，不過這事我覺得太蹊蹺了，夫人恐怕是這個家裡最沒錢的主子，要說偷銀子，那也不該來這裡，且翠兒姊也說不認識那個人，我擔心這裡面還有其他的事情。」

小翠不得不對這丫頭刮目相看，平時看她悶不吭聲的，敢情這腦袋還挺靈活的，跟這小丫頭比起來，她都有些慚愧了。

曹雲鵬拉著洛千雪的手慢慢撫摸著，思緒也被翠兒她們的話給帶遠了。

水瑤不知道曹家現在是什麼情況，聽到洛千雪出事後她就坐不住了，趕緊喊來徐五商量。

「等等，這事有些奇怪，曹家好歹也是大戶人家，外加有妳爹這個當官的，這守衛上肯定不會出現太大的紕漏，咱們要調查的，是這人潛入究竟有什麼目的，否則根本解決不了問題。」

被徐五這麼一開導，水瑤頓時就醒悟過來。「還是你厲害，剛得到這消息時，我差點都想衝去曹家了。」

徐五看了她一眼。「妳是關心則亂，這事有許多可疑的地方，我相信曹家的人也不是傻子，妳娘應該暫時沒有問題。只是我挺好奇，那個進去的人到底想幹什麼？」

水瑤也是一臉迷惑。「我娘一個下堂的棄婦，要銀子沒銀子，要地位沒地位，要依靠沒依靠，我也實在是理不出頭緒。」

徐五沈吟道：「或許有人指使，說不準妳娘手裡有他們想要的東西。不過曹家也不可能給妳娘什麼，那就是妳外公給妳娘的東西，要不然還能怎麼解釋？」

水瑤眼睛微瞇，仔細琢磨徐五剛才的話，突然福至心靈──難不成她脖子上戴的東西就是那些人想要的？

可這個是洛家的傳家寶啊，那些人要這東西幹麼？

在徐五面前，她什麼都沒說。「我舅舅不在身邊，我娘也生病了，這事我還真的不大清楚。對了，徐五，我現在需要人手，丫鬟和護衛都需要。」

徐五點頭。「行，人我都準備好了，回頭就帶過來，保准讓妳滿意。我先去接貨了，也不知道那邊會帶回什麼消息。」

水瑤留在屋裡繼續思考這前後的事情，前世她根本就沒這些經歷，也無從知道到底發生了什麼事。

想起脖子上的東西，她不由緊緊握住。自從她再次回來，對脖子上這個洛家傳家寶是充滿敬畏，從上一次看一眼之後，就再也沒摘下來過。

可今天徐五的話讓她不得不重視起來，這三番兩次的事，讓她心裡真的沒底，難不成脖子上的東西就是那個潛入的男人想找的？

她拿下護身符，仔細研究一番，跟上次看到一樣是黑突突的，不過陽光一照，她好像看到裡面有條龍一閃而過。

再次拿到陽光下細看，那龍又好像根本沒存在過。

她拿著護身符呆呆的坐在椅子上，她現在都不知道該怎麼解釋剛才看到的情況，如果這護身符真有名堂，那代表什麼意思？為什麼會救了她還讓她回到小時候，並保有上一世的記憶？

「你到底是做什麼用的？除了保護人不出意外，難不成還能讓人長生不老？可那人又是怎麼知道的呢？」水瑤喃喃道。

突然，她想起上次那座廟，那廟讓她有一種很怪異的感覺，這其中究竟有什麼關聯？難不成剛才看到的龍跟廟裡的龍有關係？

# 第三十一章

她心裡隱約有種感覺，或許舅舅知道這東西是什麼，可是舅舅現在又在哪裡呢？

這些都是謎，她自己就被困在這種種的謎團當中。

她嘆口氣，把東西重新戴回脖子上塞到領口裡。這東西要說寶貝還真是寶貝，以後還是別讓人發現了。

「小姐，我回來了！」

聽到李大的聲音，水瑤迫不及待的打開房門。「李叔，有什麼消息？」

李大擦了一把汗走了進來。「夫人那邊情況有些不大妙……聽說妳爹已經安排人進去了，應該是過去保護妳娘的，至於都是些什麼人，目前還不清楚。我估計安老大大會被請過去，畢竟妳娘還昏睡著呢，我猜那個人肯定是下藥了，只是妳娘身體不好，恢復得會慢一些。至於雲綺那邊，暫時沒什麼動靜，王嬤嬤說會繼續替我關注這事，下一步咱們該怎麼辦？」

水瑤嘆口氣。「等吧，既然我爹已經插手，想必暫時沒人敢太明目張膽的跟他對上。他這個人，我就是不明白，你說他對我娘不好，可出事了他還知道過去看看；你說好，怎麼就跟我娘和離了呢？這個男人我實在是看不懂。」

李大苦笑了一聲。「那還不簡單，都是別人逼的唄！當然他心裡要是不樂意，也沒人能逼得了他，恐怕這中間肯定牽扯到某些利益，妳別忘了，齊淑玉娘家可是當官的，對妳爹往後的路可能會大有作用。男人嘛，既然走到這一步都想繼續往上爬，妳爹也不例外，可惜就是苦了你們娘幾個了。」

這時，安老大夫急匆匆的走進來。

「丫頭，今天曹家讓我過去給妳娘瞧瞧，妳快跟我一起過去看看吧，這是個好機會。」

水瑤點點頭，跟著安老大夫出門，突然想起要買藥的事情。

「……什麼，妳想做大批的藥材生意？丫頭，妳沒搞錯吧，據我所知，曹家大夫人娘家就是做藥材的，這邊有不少的藥堂都跟他們家做生意呢，妳這麼一弄，那豈不是跟對方槓上了？」

水瑤擺擺手。「我不跟他們家搶生意，我就是想屯一點。安老，我勸你也多屯一些，一旦有什麼事情，這藥材可不是一天、兩天就能長出來的。」

安老大夫看水瑤一眼，跟這丫頭相處這麼長的時間，他並不認為她會無緣無故說這麼一番話。

「行，回頭我讓我兒子帶你們選藥材去。」

守門的人看到安老大夫帶著小徒弟一起來，這次也沒攔，直接就讓守在門口的小翠給帶走了。

「翠姨，我娘怎麼樣？」水瑤急切地問。

小翠嘆口氣。「還昏睡著呢，要不我們也不會找安老大夫過來。妳小心些，院子裡今天又換了一批人……」

這次曹雲鵬親自替洛千雪安排人手，門口還有護衛。

「以後做事可沒那麼方便了，不過這樣也沒人能打妳娘的主意，從另一方面來看，妳爹心裡也許不是不在意妳娘，只是有時候身不由己罷了。」小翠道。

水瑤對這事並未發表意見，說她爹心裡有她娘，這事也未必，說不定是男人的獨占慾在作祟。

不過她心裡還是有一層擔憂，父親如此做，勢必會引起那個齊淑玉的妒忌，這樣反而會讓母親的處境更加微妙，齊淑玉想插手這裡的事情，也不是不可能。

剛進門，院子裡的一個人影讓水瑤一愣，當對方轉身面對她時，那丫頭也愣住了，不過看水瑤朝她搖頭，那丫頭朝安老大夫他們點點頭就轉身離去。

「翠姨，她是新來的？」水瑤故意問。

小翠點頭。「是啊，最近新來幾個丫頭，三老爺分了兩人送到這裡，雲綺小姐那邊也送了一個，暫時還看不出來有什麼，希望她們能安守本分。」

水瑤沒跟小翠說她派來的人已經進入這裡，畢竟這裡的人際關係她還沒弄清楚，如果跟小翠說了，以後勢必會跟對方聯繫過密，就怕會落入有些人眼裡。

當水瑤看到躺在炕上、臉色蒼白的洛千雪，不由得掉下眼淚。「這到底是怎麼回事，我娘怎麼還不醒，安老，我娘怎麼樣了？」

安老大夫嘆口氣。「妳娘對對方下的迷藥有些過敏，所以才會這樣。小翠，妳把這個拿去熬了再端過來。丫頭，妳也過來看看這過敏的人是什麼狀況，一般人對這個不大在意，所以很難發現，都會以為是身體虛弱造成的。」

在安老大夫的指點下，水瑤總算明白她娘的異常。「原來是這樣啊，安老，還是您老高明。」

安老大夫指點水瑤給洛千雪施針，看自家娘親有甦醒的跡象，水瑤也不開口，只是輕輕在她耳旁低語。「娘，我來了，您還好嗎？」

洛千雪聽到了，可是腦袋好像不聽自己使喚似的，眼睛根本就睜不開。

「藥來了。」小翠端著藥走進屋。

洛千雪喝了藥，在水瑤他們殷切的眼神中慢慢清醒。看到女兒滿是淚珠的小臉，洛千雪的眼神有些呆滯。

安老大夫嘆口氣。「我估計她因為之前的事受到驚嚇，精神又開始不穩。」

水瑤不相信，拉著洛千雪讓她看著自己。「娘，我是水瑤，妳的女兒，妳忘了？」

洛千雪拉著水瑤的手打量半天，點點頭。「妳是水瑤沒錯，妳怎麼來了，出事了？」

雖然能開口說話，可這眼神跟之前比起來還是呆滯了些，水瑤現在不得不相信這次的驚嚇對母親的精神狀態還是產生了影響。

「他娘的，別讓我知道是誰，不然我早晚宰了他！」她不禁怒道，隨即又抱著洛千雪的胳膊，難得在她懷裡撒嬌。「娘，妳可不能再嚇我了，妳不知道，我一聽說妳出事了，這心就一直提著。」

洛千雪反應過來，摸摸水瑤的頭髮，嘆口氣。「都是娘不好，以後娘會好好的。」

小翠偷偷的抹抹眼淚。「安老大夫，您開藥方吧。」

「這次得下重本了，本來我想溫調，誰知道會出現這種情況，幸好還算不錯，至少沒忘了水瑤這孩子，以後妳們真的要多加小心，這樣的事情再發生幾次，我也沒辦法了。」安老大夫道。

水瑤想起那個自己安插的丫頭，跟洛千雪說了幾句話之後，先出去觀察一會兒，再瞅了個空檔，兩人偷偷說了幾句。

隨即水瑤往茅房的方向走去，在外人看來就好像是水瑤跟小丫鬟打聽茅房的路。

「哎，這是那位老大夫帶來的小徒弟啊？長得可真清秀。」一個叫杏兒的小丫頭道。

被重新取了名字的紅玉苦笑一聲。「她才多大啊，好看也跟咱們沒關係，趕緊幹活去吧，妳別忘了三老爺是怎麼吩咐咱們的，要好好的幹活，聽主子的話，要不然就把咱們賣到礦山去。」

杏兒笑著點點紅玉的腦門。「妳就是膽子小，雖然三老爺是這麼說，可妳別忘了，這裡是大夫人管家，再不濟還有三夫人呢，聽說三夫人娘家可厲害了……」

紅玉不吭聲了，任由對方說著，心裡卻有了戒心，以後得多留意眼前這個丫頭，她們是到了曹府才結識，要說瞭解，她還真不清楚這個杏兒的為人。

水瑤正要回屋，就看到雲綺跟一隻小蝴蝶般飛快跑過去，後面還跟著嬤嬤和丫鬟。

「小姐，慢點，別摔倒了！」

雲綺比之前長高不少，可身子也沒見胖，臉色還有些蒼白，也不知怎麼搞的，難不成上次落水後還沒恢復？

本來她沒打算跟雲綺打照面，不過自忖自己這副裝扮雲綺應該不會認出來才對。於是她慢慢地走回去，就看到雲綺趴在娘的懷裡跟她講學堂上的事情。

「……幸好有永澤哥哥和燕琳姊姊幫我，要不然她們又欺負我了……」

水瑤的心不由得一疼，如果她和雲崢在這裡，誰敢欺負雲綺啊？可現在雲綺只有自己一個人，娘還生病了，怕是在這個家裡，雲綺是最會被欺負的那一個。

可她又不能開口說什麼，就怕被這個小妹認出來。她擔心小妹知道他們還活著，被有心人一誘哄，會毫無防備的說出這事。

安老大夫看她進來，朝她點點頭，見她指指雲綺，老爺子心裡明白，給她一個放心的笑。

「雲綺來，給我瞧瞧看妳的身體是不是都好了？」

小丫頭不排斥安老大夫，她知道自己能恢復都多虧了這個老爺爺。「安爺爺，您瞧吧，就算給我扎針我也不怕。」

不過隨著老大夫的手搭上雲綺的手腕後，眉頭不由就皺緊了。「小雲綺，跟爺爺說說，最近都吃了什麼？」

水瑤看安老大夫這樣子，怕是妹妹的身體有不妥當之處。

還沒等雲綺開口，一旁的嬤嬤就發話了。「大夫，小姐吃的都挺正常，各院小姐吃什麼，雲綺小姐就吃什麼，沒什麼區別。」

水瑤不禁大怒。「我師父問的是妳的主子，妳一個下人插什麼話？這裡有妳插話的地方嗎？」

說完她就有些後悔，她還是太著急了，看這老婆子的表現，恐怕事情沒這麼簡單。

雲綺噘著小嘴，看了老嬤嬤一眼。「我跟他們吃的才不一樣呢！」

接著她像是想到了什麼，害怕地看老嬤嬤一眼，隨即轉到安老大夫身上。「……我就是吃粥、吃菜，不過我們沒小廚房，送過來時都涼了。」

水瑤曾經在大戶人家待過，怎麼可能不知道裡面的門道，想必妹妹吃的不只是涼了的食物那麼簡單，這老婆子和身邊的人對妹妹這個主子恐怕也不放在心上，有好吃的都讓她們給吃了，剩下才是妹妹的，而且依照雲綺的身分，剩下的也沒多少。

安老大夫了然地點點頭。「難怪，我說妳的身體本來已經幫妳調養了，怎麼還會出現問題，敢情原因出在這裡。」

洛千雪一聽說閨女身體不好，神經又開始緊張起來，握著雲綺的手眼巴巴的看著安老大夫。「救救我女兒，救救我女兒，我求你了。」

水瑤心一酸，她不知道自己的選擇是對還是錯，她在外面是沒事了，可是妹妹呢？讓這麼小的妹妹在這裡獨自面對這些居心叵測的人，又是何等殘忍的一件事，還會讓娘處於無助和焦慮之中，這樣對她的身體並沒有太大的好處。

「放心，我一會兒就給雲綺開藥，不過妳們以後可得注意一下雲綺的飲食起居，這孩子身體本來就弱，如此下去，影響的會是孩子的一輩子。」

老婆子低著頭回了一句「是」，不過水瑤怎麼聽都覺得她是在敷衍安老大夫。

安老大夫剛想說什麼，外面突然響起紅玉的聲音。

「蘇嬤嬤，妳怎麼來了？」

# 第三十二章

蘇嬤嬤是奉大夫人的命令來的，聽說這個回春堂的老頭子又來了，龔玉芬的心裡不是很舒服。

這個回春堂據說口碑不錯，名聲還挺響亮的，只是她爹是做藥材生意的，這家藥堂卻沒有從她爹的手裡採購過藥材，於是對回春堂和安老大夫，她的心裡多少帶了一些不滿和芥蒂。

要不是曹雲鵬發過話，她肯定不會讓人進來，不過即便是這樣，她也得派個得力的人過來瞧瞧，畢竟洛千雪三番兩次出事，她雖然不大關心這人的生死，可這些事總歸會讓人質疑她管家的能力。

蘇嬤嬤在外面瞭解一下情況，隨後就進來了，看了一眼屋裡，臉上帶了一抹似笑非笑的表情。

「林嬤嬤，洛夫人正在養病呢，妳怎麼把小姐給帶過來了？」

那林嬤嬤誠惶誠恐地一欠身子。「蘇嬤嬤，這、這不是小姐要看洛夫人嘛，我們也是沒辦法才過來的，我、我們這就走……」

雲綺使勁往洛千雪的懷裡靠。「我不走，我還沒跟娘說夠呢，妳們先回去吧，我一會兒再回去。」

小翠在一旁開口了。「林嬤嬤，孩子戀娘也是人之常情，再說都是在家裡，也沒什麼大礙，況且這邊上還有大夫呢，能出什麼事情？難不成妳覺得我們家夫人會害自己的親生女兒不成？」

洛千雪抱著雲綺，心裡沒來由對這個蘇嬤嬤一陣反感。「雲綺留在這裡，妳們都回去吧，回頭我讓人送她回去。」

蘇嬤嬤打量洛千雪一眼，都說眼前這人瘋了，看神態是有些不大對勁，可說起話來也沒顛三倒四，看來這個安大夫還是有些本事。

「那行，我們下去吧。安大夫，你就好好給洛夫人瞧病，有什麼需要就說一聲，家裡別的沒有，藥材還是能供應上。」說完還給安老大夫一個別有深意的眼神。

安老大夫不是傻子，聞弦自然知其雅意，只是禮貌的點點頭，其他的也沒多說。

水瑤心中暗自嘆口氣，問安老大夫。「師父，小姐的病能治好嗎？」

「這得慢慢調養，現在我是擔心這些下人根本就沒把雲綺當回事。小翠丫頭，讓雲綺吃藥這事妳得盯緊了。」安老大夫道。「雲綺，來，爺爺跟妳說說妳的身體……」

孩子年紀雖小卻乖巧，老爺子囑咐的事情，雲綺都一一點頭答應了。「那以後我遇到涼的食物就不吃了，可她們要是一直都給我涼飯怎麼辦？」

小翠接過話來。「她們要是一直給妳涼飯吃，妳就過來，翠姨做給妳吃。不過回頭遇到妳爹，妳要記得把妳吃的那些食物跟妳爹說。」
雲綺一臉黯然。「翠姨，我都好幾天沒見到爹了……」
突然，也不知怎地，小丫頭餘光瞄到水瑤，眼睛就移不開了。
或許是血緣抑或是姊妹情深，雲綺看著看著，就喊了出來。「姊姊？」
儘管眼前這人做男子裝扮，可她就是能感覺到這是姊姊。這眼睛、嘴巴……哪兒都像她姊姊。
水瑤心如刀絞，眼淚瞬間湧上來。
雲綺手腳並用地爬了過來。「姊姊，妳去哪裡了，雲綺都想死妳了！」
洛千雪還想攔著，可是水瑤的動作比她們還快，一把抱住爬過來的雲綺。
現在她什麼都不想了，她只想認自己的妹妹。「雲綺——」
看著姊妹兩個抱頭痛哭的樣子，洛千雪和小翠都不由得跟著落淚，就是安老大夫也跟著抹了一把眼睛。
小翠趕緊出去幫忙守門，可不能讓外人看到了。
「姊，妳怎麼不來看我……」小丫頭邊哭邊訴說自己的委屈。
水瑤邊幫妹妹擦眼淚，也擦擦自己的眼睛。
「雲綺，姊姊知道妳受委屈了，可是姊姊現在還不能回來。妳知道嗎？有人要害咱們，所以姊姊要把壞人給找出來，妳還記得哥哥當初為什麼會在火海裡，那是因為有人故意點了火。」

小丫頭哭得更狠了。「我想哥哥了……姊，哥哥呢，哥哥在哪裡？」

水瑤輕聲安慰她。「他還好好的。雲綺，妳聽姊姊說，我們還活著的消息，妳千萬不能跟任何人說，知不知道？」

小丫頭抬起淚眼看著她。「為什麼？」

對這個心思單純的妹妹，水瑤不想讓她看到人世這黑暗的一面，可如果不跟她說，她擔心這孩子也會著了人家的道。

她抱著雲綺，慢慢跟她說起這其中的凶險和利害關係。「……如果妳跟人說了，或許以後就再也看不到姊姊，估計下一步他們就要害咱們娘了。按理說這事不該跟妳說，可現在咱們的處境真的很不好，爹跟娘和離了妳知道吧？」

雲綺點點頭，可眼神裡的不解還是讓水瑤看到了，她又繼續解釋和離對他們來說到底意味著什麼。

小丫頭都聽明白了。「我不喜歡爹跟娘和離，我不喜歡他們欺負我，我不喜歡吃剩菜……」

小丫頭不喜歡的東西很多，全都是她平時遇到的，讓在場的人聽了都跟著心酸。

水瑤和妹妹頭碰著頭，兩個人說著悄悄話，更多的是水瑤在囑咐，雲綺在聽。

「雲綺，我就把娘交給妳了，妳要好好的陪著娘，最好每天都過來，娘看到妳安全了才能安心，病自然會好得快一些。至於其他人，妳不用管，幫妳的那個二伯家的哥哥姊姊，妳可以多跟他們來往，有什麼事情妳也可以去找他們，有不明白的就過來問翠姨，姊姊也會隨時關注妳的消息，明白了嗎？」

小丫頭眨巴著水潤的眼，長長的睫毛好像一把刷子，忽閃忽閃的還掛著淚珠。「姊，那我以後想妳了怎麼辦？」

水瑤邊拍著她的後背，邊安慰道：「姊會時不時的過來看妳，不過妳要記住，在外人面前不能再叫我姊姊，咱們得裝作不認識，明白嗎？」

在這裡待的時間也差不多，到了該走的時候，雲綺淚眼汪汪地目送水瑤他們離開。

洛千雪抱著小女兒，神情黯然地看著女兒的背影，心突然一下就空了，她不知道姊弟倆在外面究竟過得怎麼樣，是不是光挑好聽的跟她說，就怕她擔心。

水瑤和安老大夫跟著小翠出去，剛拐到正路上，遠遠就看到一個年輕男人帶著兩個隨從急匆匆的往後面走。

水瑤疑惑地問：「翠姨，那個人是誰？是曹家人嗎？」

小翠往遠處看了一眼，雖然沒看清楚對方的長相，可一看到走在前方的丫鬟春巧，心裡頓時了然。

「那人估計就是五爺曹雲軒，這人我只聽人談論過，還沒見到過呢。」

水瑤了然的點點頭。「就是那個三姨奶奶的兒子？」

小翠點頭。「是，不過這位爺平時很少回來，到底在做什麼我也不大清楚。怎麼，這個人妳認識？」

水瑤搖搖頭，沒再說什麼。曹家是商賈之家，可這人身上的氣質卻不大一樣，讓她感覺有些違和。

儘管滿腹疑惑，她也沒法再繼續問，恐怕小翠知道的也不多。

離開曹家後，水瑤就直奔徐五落腳的地方。

說來徐五這傢伙也挺能折騰的，別看他們都是普通人出身，可架不住這人有本事，就算到了不熟悉的地方，人家照樣能混得風生水起，有時她都不得不佩服這個人。

按理說，才剛開張的店鋪應該沒什麼名氣，可現在這裡人來人往的，好像多年老店似的。

自從店鋪開張後，水瑤只來過一次，其他都是交給徐五來打理，她還真的就沒怎麼關注。

「厲害，我覺得你這傢伙放到哪裡都能生存得特別好。」

對水瑤的誇讚，徐五全數收下，自得地道：「那是，也不看看我是誰，打小就出來闖蕩，什麼樣的人沒見過，見多自然就明白了，這什麼人想要什麼東西，都裝在我的這腦子裡了。對了，給妳一樣稀罕東西嚐嚐。」

接過徐五拿出的一個罐子，水瑤打開，立刻愣住。「蜂蜜？這是從哪裡來的？難不成是山上採的？」

徐五笑了。「我哪有那個空閒啊，上山去採能採多少，說不定還會被馬蜂螫，況且就算山上有，也不可能大量往外賣不是？我啊，是找人專門養蜜蜂，所以咱們這貨源才能有保證，我跟妳說，咱們乞丐堆裡能人多的是……」

一提起乞丐兄弟，徐五的話就更多，反正他就是覺得這些兄弟親切。

「對了，妳今天怎麼想到來這裡了，出了什麼事情？」

水瑤苦笑一聲，把今天去曹家的事情說了一下，尤其是曹家五爺。

徐五掏掏耳朵，眉頭微皺。「這事我聽張龍他們說起過，這個人好像不常回來，這身分我也覺得有些神秘，回頭我讓人注意一下。妳今天的確是有些衝動了，不怕一萬，就怕萬一，曹家的水可沒妳想的那麼淺。來，妳看前面的那個男人。」

順著方向，水瑤看到遠處一個男人摟著一個女人搖搖晃晃地往妓院走。

她不解的看著徐五。「這不是很正常嘛，就是嫖客喝多了，怎麼了？」

徐五眼神帶著些清冷。「那個人就是妳叔爺爺家的兒子，看他這樣，都會以為是吃喝嫖賭的貨，可妳知道嗎？就這麼一個人，自己卻擁有好幾處產業，要不是巧合，加上乞丐兄弟們多，我還真調查不出來，有些事情不能光看表面，別人說的也未必就準。」

水瑤望著遠處那抹背影，冷靜地問：「這人是哪房的？」

「二房的。估計在妳那個爺爺奶奶眼裡，其他各房好像都是依附他們存在，其實不全是這樣。」徐五頓了頓，又問：「妳打算什麼時候回曹家？」

水瑤搖搖頭。「我還沒想好。情感上，我恨不得立刻就進去保護我娘和妹妹，可理智上卻覺得現在不是最佳時機。」

徐五點頭。「我勸妳還是等等，等這邊一切都上手了，妳再回去也不遲，其實我覺得咱們可以把生意再做大一些，至少能讓曹家忌憚妳，到那個時候，他們巴不得妳是他們家的人，那個時候回去最穩妥。」

水瑤點點頭，想到採購藥材的事，便順口跟他說了。

一聽到能掙銀子，徐五的眼睛頓時亮了，別的他都不喜歡，就喜歡掙錢，銀子多了就可以做大事。

不過他也不是沒有顧慮，雖然藥材這一行他不熟悉，可是架不住他瞭解這邊的人際情況，突然進這麼一大筆東西，賣不出去砸在手裡事小，一旦得罪了人，以後要想在這裡立足就難了。

「妳那個曹家的大伯母娘家就是做這一行的，妳要是做這個，真的就跟對方碰上了，如果他們刻意想查妳，應該也不難，而且好好的幹麼進那麼多藥材，萬一東西發霉了，咱們可是連本都沒了。」

不是他不相信水瑤，而是覺得上一次就是運氣好，正好趕上連日陰雨，這次風調雨順的，弄那麼多藥材回來幹麼？

水瑤笑咪咪的點頭。「所以這事需要你來出面，我還是那句話，你只管放心去做就好。我們也不是所有藥材都進，你看。」

水瑤已經把需要進的藥材列成一張單子，下面還有幾張紙，徐五拿過來一瞧，不禁愣住。

「看來妳是真的有準備，連藥方妳都準備好了，不會這回妳又作了什麼夢吧？」

徐五也是隨口開那麼一個玩笑，誰知水瑤很認真的點頭。「我說是，你會不會不相信？我還真的就作這麼一個夢，才會做此準備。咱們的精力也不用全放在這裡，咱們的那些鋪子都放上一些，按照藥方都先抓好，只要有事情，一拿出來就可以賣。龔家那邊，我也沒想跟他們爭什麼。總之咱們有時間，不用太急，慢慢準備，多屯一點，時候到你就知道了。」

徐五明白，就算多問，恐怕也問不出什麼。

# 第三十三章

「對了，還記得養雞的事情吧，回頭你送藥過去時，讓他們有點準備。」水瑤道。

徐五點頭。「對了，曹家那邊我只安排一個人進去，是在護院那裡，他們的要求太嚴格了，估計短時間再安排人手進去有些困難，這個妳心裡有數就好。另外我帶來兩個人，他們是一對，因為他們的家人出了些變故，我也是受故人之託幫忙照顧他們，我可把他們交給妳了，以後等咱們情況好轉了，妳就負責幫他們兩個辦婚禮，這也是故人所託，我一個男人到底不懂這個，幫妳跑跑腿就行了。」

徐五喚來兩人跟水瑤見面，水瑤很滿意，雖然這兩人相貌並不出奇，年紀跟徐五差不多，但兩人的眼神很正直，這樣的人留在身邊她放心。

「馬鵬、徐倩，這就是我跟你們說的水瑤小姐，以後你們兩個好好保護她，有她在，咱們吃香喝辣的沒什麼問題，這就是咱們的財神爺。」

看徐五那調侃的語氣，水瑤都不好意思了。「馬大哥、倩姐，以後咱們也不用講究那麼多的規矩，叫我水瑤就好。」

徐五搖頭。「這可不行，在外面規矩還是應該有，人後你們愛怎麼稱呼你們自己商量，我可不管。水瑤，妳給他們安排一個地方住。」

馬鵬和徐倩剛想磕頭，被水瑤及時攔住。「咱們就別來那一套，說起來都是自己人，時間長了你們就知道我是什麼樣的人。」

水瑤安排好馬鵬和徐倩的住處，又讓李嬸和李叔對他們兩人多照顧一些，另外也把雲崢和鐵鎖介紹給他們。

徐五前腳剛走，後腳安老大夫的小夥計就帶來一個人。

看到江子俊，水瑤以為自己眼花了。

「你怎麼來了？」

「我怎麼就不能來？找你們可不大好找，幸虧我記得安老住的地方，要不還真的就找不到你們這兒。」江子俊笑道。他不得不佩服這丫頭忒能折騰，還以為是在安老這邊落腳，沒想到連房子都找好了。

「子俊哥哥！」雲崢看到江子俊，興奮地撲過來。

江子俊笑呵呵的一把抱起雲崢。「讓我看看你最近胖了沒？」

雲崢格格地笑。「沒胖，我姊說這樣剛剛好。」

等雲崢玩夠了，水瑤讓弟弟先回屋睡覺，這才開口問：「你不是出去找你娘他們的線索了嗎，怎麼會跑我這裡來了？」

江子俊一屁股坐在椅子上，估計渴了，直接倒一杯水先喝。

「唉，別提了，哪有那麼好找的，那些人好像突然就失蹤了，我這也是沒辦法才跑到妳這裡來看看。妳這邊怎麼樣，有其他的消息嗎？」

水瑤心事重重的搖頭。「我舅舅也是沒消息，不過我有讓人去找，你還記得當初在海邊找你爺爺的那個人嗎？我記得他的模樣，所以就讓人照著這個模樣找，只是這好比大海撈針，成算不大。而且我始終不大明白，抓你爹娘是情有可原，可我舅舅一個普通人，抓他幹麼？」

江子俊看著眼前這個一臉疑惑的小姑娘，他們派去的人查了洛家的事情，說起來，洛家在當地也沒多少親戚，始終是獨苗，而且搬過去也沒幾代，之前在什麼地方住沒法考證，光憑這一點，他爺爺也無法做出判斷，想必問水瑤也問不出什麼來。

「妳說的那個人並不好找，畢竟長相普通，也沒什麼特點，況且天下這麼大，有些難度，不過道觀裡的人我們後來倒是見過一次，只是追著追著又追丟了，應該是對方已經察覺到了。」

水瑤低頭沈思一會兒。「那你爺爺那頭有沒有什麼突破，你們家的內鬼讓他拿下了沒？」

江子俊搖搖頭。「暫時還沒法動他們，我爺爺那個養子準備這麼多年，沒一點能耐怎麼可能把我爺爺弄成那樣，還有得磨啊！現在我才發現，一個人的力量實在是太渺小了。」

水瑤跟著感慨。「何止渺小，簡直就是螻蟻，說不準哪一天讓人家給捏死了都沒人能發現。下一步你打算怎麼辦，總不能這樣毫無頭緒的亂找吧？」

江子俊此刻有些沮喪，他感覺自己連水瑤的一半都不如，他至少還有幫手，可人家水瑤一個人半路拐帶了徐五和莫成軒，還能養弟弟也不耽誤掙銀子，他是真的沒幹成什麼大事，就連救爺爺都是人家出手相幫的。

水瑤不是沒瞧見江子俊的表情變化。「你別瞎想，找人也不是一天、兩天的事，那都是長著腿的，一不留神就會跑掉，著急也沒用。你想，他們把你父母還有我小舅弄去幹麼？既不跟你們聯絡，也不提要求，沒道理啊，所以我斟酌他們如果真在對方手裡，那一定還活著，他們不可能放棄這麼好的一顆棋子。」

江子俊點頭。「妳沒查查當初追殺你們的都是些什麼人？」

水瑤嘆口氣，搖搖頭，一臉凝重。「無從查起啊，那些人我們根本就不認識，曹家那邊暫時還沒有消息，恐怕也只有等我進去了才能慢慢查。對了，我們下一步準備做藥材生意，跟糧食一樣，都是一錘子買賣，你有興趣嗎？」

江子俊奇怪的看著水瑤。「藥材？怎麼，又有什麼事情要發生了？」

不怪他這麼想，上一次水瑤也是這樣，難不成這丫頭有預知能力？

水瑤當然看到他懷疑的神色，不過她依然跟上次一樣，不多做解釋。「你要是想做，就跟徐五一起，單子我已經給他，我只能說我這次依然作了一個不大好的夢，你自己心裡必須有些數，剩下就看老天爺了。」

「得，那我還是跟著摻一腳吧，這事我找徐五去，回頭再跟莫成軒說一聲，咱們幾個人合力，說不定還能大賺一筆呢！誰也不會嫌錢多燙手，尤其是咱們後續需要用銀子的地方多了去……」

第二天，水瑤帶著徐倩去視察她在這邊新經營的產業，前段時間都在忙自己的事，根本沒多餘的時間來關照生意。

徐五來了，她正好能騰出空來看看，主要是她擔心萬一前世那場瘟疫來了，她這些牲畜可就打水漂了，她還指望用這個打開門路呢！

第一站就去山裡，有李豹陪同，用哨子一吹，那小雞、小鴨和小鵝就跟乖寶寶似的從各個地方鑽出來，讓水瑤驚喜萬分。

「行啊，挺有本事的！」

李豹笑著給水瑤介紹。「妳看看這漫山遍野的，根本就不愁吃喝，糧食消耗也不大，我打算秋天就收購草籽和麩糠，那邊就是養豬的地方……」

水瑤邊走邊看，時不時地點頭贊同。牲畜養得很好，數量也挺多，那些雞估計明年就能下蛋了。

水瑤跟李豹再三囑咐一番後，才帶著徐倩離開，前往下一站。

她讓王虎在城裡開一間澡堂，這東西花不了多少銀子，收入卻頗為可觀，最重要的是這裡三教九流的人都有，說不定能聽到什麼消息。

且她這澡堂還是益州城第一家，備受追捧，另外這裡也是徐五他們傳遞消息的地方，水瑤對這裡的管理頗為重視。

王虎和張龍看到水瑤來了，上前招呼，王虎負責跟她彙報，張龍則去迎接客人。

王虎樂顛顛地帶著水瑤進了後院。「小姐，這個生意值了！花沒多少，每天淨等著數錢。這是帳本，妳看看。」

王虎開心啊，他作夢都沒想到有一天他也能當上掌櫃的，對於水瑤的這份信任和栽培，他和張龍兩人恨不得使出渾身解數，就怕水瑤看不上他們。

水瑤看到帳目上的數字，不住點頭。收入超乎她的想像，沒想到這兩個人還真的有點本事。

「掙錢的同時，別忘了找人。」水瑤提醒了一句。

「這麼大的事情我們都記著呢，只是一直都沒見過妳說的那樣的人，不過今天聽到一個消息，曹家三老爺已經走馬上任，當了新一任的知府老爺，大家夥兒都在議論這事呢。」王虎知道水瑤對曹家的事感興趣，便先揀這個說。

水瑤冷哼了一聲。「這人升得倒是挺快的，估計齊家應該在背後幫了忙，你們隨時關注一下齊家那邊的消息。」

囑咐完，水瑤帶著徐倩離開，畢竟這裡是男人的地方，她要是長時間待在這裡，容易引起別人的懷疑。

水瑤本來打算去買點東西，這時一輛馬車迎面駛來，她立刻帶著徐倩避到路旁。

曹家的馬車在一家首飾鋪子前停下來，車上下來的男人水瑤也認識，就是曹家五爺，他扶著一個美貌的婦人下了馬車。

「娘，您慢點。」

聽到這稱呼，水瑤心裡立刻有了底，敢情不遠處的那位就是曹家那個三姨奶奶？沒想到這個女人竟然這麼漂亮也顯年輕，難怪能在曹家屹立不倒。

看他們走進鋪子，她拉著徐倩悄悄走過去，也沒敢進去，只是在門口偷瞄兩眼，店鋪裡除了夥計和客人，根本看不到這母子兩人。

水瑤趕緊拉著徐倩離開。

「小姐，妳怎麼不進去，要不我去看看？」

水瑤搖搖頭。「不了，記住這店鋪的名字，以後說不定真能派上用場。」她不清楚這鋪子是這三姨奶奶開的還是只是老主顧，反正關於曹家的人和事，她都不能馬虎。

徐五聽到這個消息，也是一愣。「他們進去首飾鋪子不是挺正常的嗎？或許人家認識，到後面挑首飾去了，也或許是去後面聊天，怎麼，妳對這個老太太感興趣？」

水瑤搖搖頭，沈吟道：「我對曹家的人不感興趣，不過為了我娘他們，不得不防備。這個女人我聽小翠說過，對我娘那頭頗有照顧，我只是想她一個妾，雖然輩分大了點，為什麼會對我娘感興趣呢？」

徐五撓撓頭。「女人的事我還真說不準，說不定是同情妳娘？」

水瑤搖搖頭。「我不相信，這女人聰明著呢，養大自己的兒子還在曹家地位超然，我怎麼想都覺得不簡單，或許是我的直覺吧！總之你派人幫我盯著那首飾鋪子，沒事則罷，有事咱們也好有個應對。」

水瑤都發話了，徐五也不敢含糊，趕緊喊人過來找乞丐兄弟幫忙盯人，水瑤這才放心的離開。

天氣越來越熱，即便是在家裡坐著，水瑤都渾身冒汗，後來實在坐不住，乾脆帶著徐倩去接雲崢和鐵鎖放學。

「唉，難怪說秋老虎，再不下雨，這皮都要脫一層下來了！」水瑤嘆道。

徐倩一邊幫水瑤打傘，一邊嘆氣。「說的就是，不過瞧天氣這麼悶熱，估計快下雨了，咱們快點走吧。」

水瑤他們到的時候，雲崢正跟同學們揮手告別。

「洛崢，記得咱們說好的事情啊！」那同學笑著對雲崢說完就跑走了。

水瑤好笑的問弟弟。「明天有什麼事啊，這麼神秘？」

雲崢扭扭捏捏的，最後還是鐵鎖替他開口。「是這樣的，明天學堂放農忙假，那個同學邀請我們到他們家玩。」

水瑤納悶。「邀請你們所有人？」

雲崢搖頭。「不是，平時妳給我們帶的食物比較多，所以我們就分給他一份，他家的情況不是很好，平時都是帶野菜餅去吃，有不少同學笑話他，也不願意跟他做朋友。」

水瑤了然。「行，那明天你就跟鐵鎖過去，我讓馬鵬送你們，姊再給你們準備要帶過去的禮物，第一次上門，咱們可不能空手……」

# 第三十四章

水瑤邊走邊跟弟弟說起上門的規矩，路上碰到騎馬回家的曹雲鵬，一旁有人時不時問候這位新晉的知府大人。

雲崢停下來看著曹雲鵬在馬上朝大家揮手致意，眼神充滿了渴望和孺慕。

至於水瑤心裡則沒多大感受，對她來說曹雲鵬就是一個陌生人，對於這個父親，說她心裡沒有恨那是假的。

不過雲崢跟她不同，弟弟還小，就算父親再如何，有這血緣關係還有對親情的渴望，還是讓弟弟心裡對這個父親充滿了幻想。

她牽起雲崢的手。「走吧，他根本就不認識咱們倆了。」

雲崢呆呆地望著遠處，小嘴噘著，神色懨懨。

水瑤摸摸他的腦袋。「放心吧，咱們早晚會跟他相認的，不過你要有心理準備，就算咱們回去曹府，他未必就會對你我有多少感情，因為他不只有你一個兒子，且他跟娘也已經和離了。」

雲崢當然明白和離是什麼意思，姊姊跟他說過，嫡不嫡、庶不庶，妹妹在那個家的遭遇已經是很好的例證。

「姊，妳說做人怎就這麼難啊，就沒有一帆風順的時候？」

小小孩童的感嘆讓水瑤和徐倩兩人心裡都有些沈重。

「是啊，這個願望永遠都是美好的。不過經歷過風雨，人生也會更精彩，或許等到我們年老那一天，再回味以前種種，這些談笑之間都會成為人生中最寶貴的財富。」

水瑤知道弟弟不怎麼開心，看到父親卻無法相認，這種感覺她當然能夠體會，她又不是鐵石心腸。

她拉著雲崢和鐵鎖到了鬧市，想給弟弟買明天要帶過去的禮物。

選禮物也是一門學問，她邊走邊給雲崢和鐵鎖兩人解惑。

「這裡面的門道這麼多啊？」雲崢一臉驚奇。

「可不是，你看你的同學，家裡情況不是很好，如果我們帶一些華而不實的東西，那不是幫人家，反而會讓人家為難。」

連徐倩都不得不佩服，同樣都是小孩子，怎麼這位小姐知道的那麼多，就連她都自嘆不如。

到了晚上，水瑤囑咐馬鵬好久才放人回去休息。

「小姐，妳是不是太緊張了？少爺只是出去串個門，不至於吧？」徐倩失笑。

水瑤嘆口氣。「不是我緊張，而是雲崢還太小，對方是什麼情況我也不清楚，不過我又不能阻止他交朋友，也只能儘量保護他的安全。」

說著，水瑤把買回來的布料遞給徐倩。「這個妳拿回去給你們兩個做件衣服，我這手藝不行，我也不知道妳行不行，不行的話，妳就讓李嬸幫忙弄一下，還有這個銀子妳先拿著。」

徐倩都有些不好意思了，她這麼大一個人，還讓小姑娘準備衣服和開銷。

水瑤一臉真誠地說道：「家裡人少，也沒什麼帳房，這銀子是你們的酬勞。」

「不，徐大哥已經給我們銀子，這一份我不能再拿了。」

水瑤把銀子和布料塞到她手上，那控訴的眼神看得徐倩的心肝都跟著顫一下。

「倩姐，妳就別跟我客氣了，給妳就拿著，徐大哥給妳的是他那一份，我給妳的是我的心意，妳要是不收，我可要生氣了。」

「得，我收下還不行嘛！」徐倩拗不過水瑤，只得笑著收下，內心充滿感激。

隔天一大清早，雲崢就開心地圍著水瑤轉，對雲崢來說，頭一次到小夥伴家裡做客是一件挺稀奇也很開心的事。

李嬸笑道：「別說小少爺了，就連鐵鎖晚上都沒睡好覺呢，讓他們出去走走看看也是好事，小孩子們有個同伴和朋友是應該的。」

雲崢他們出門後，李大回來了，還帶來一個令人意外的消息。

「小姐妳猜，今天誰到曹家了？」

水瑤搖頭。「這事我還真猜不到，誰啊？」

李大道：「聽說是趙家三爺，我聽王嬤嬤說趙家跟那個齊淑玉是親戚。」

水瑤愣住，趙家三爺？不就是前世那個男人嗎？原來他和齊淑玉是親戚？這些糟心事倒是湊到一起。

水瑤讓自己冷靜下來，開口問：「他們過去的目的是什麼？」

李大搖搖頭。「這事估計王嬤嬤也不知道，她只是個守門的。」

水瑤讓李大先下去，自己在屋裡開始琢磨趙家這男人過來要做什麼，可惜目前她的人沒進到齊淑玉的院子，還不知道是什麼情況，只能等消息了。

到了下午，雲崢和鐵鎖回來了，一下車就拎著東西急匆匆地往屋裡跑。

「姊，我回來了！」

水瑤趕緊起身迎了出去。

「姊，妳看，這是我和鐵鎖挖的！」雲崢獻寶似的把手裡的野菜遞給水瑤。

「不錯，很能幹。來，姊姊帶你們去做好吃的。」

於是三人和李嬸在灶臺邊忙活，兩個孩子嘰嘰喳喳說起鄉下的新鮮事。

水瑤心裡有些感嘆，小孩子就應該這樣。「李嬸，要不明天再讓他們過去吧。雲崢，你同學不是還邀請你去嗎？」

雲崢點頭。「姊，妳真的答應明天讓我們過去？」

水瑤眼裡帶笑，摸摸弟弟的小腦袋。「嗯，明天姊也陪你們過去，咱們多採點野菜，回來包包子給娘她們帶去，別看這野菜，其實是藥用的，對娘和妹妹的身體很好。」

聽說對娘身體好，雲崢就更加興奮了。「行，咱們明天多採一些。姊，咱們多帶點吃的吧，他們家真的沒多少糧食，估計連他帶的野菜餅都是他們家最好的。」

這事水瑤當然明白，在鄉下生活這麼久，她怎麼可能不知道這個時候糧食有多艱難，去年又遭了災，能活著已算很不容易，吃的就更無法挑剔了。

「行，這事姊來辦，妳趕緊跟鐵鎖洗澡去。」

李嬸心裡則有另外一層隱憂。「小姐，你們都過去適合嗎？妳一個小姑娘，會不會出什麼問題啊，要不我也跟過去？」

水瑤笑著搖頭。「沒事，讓徐倩和馬鵬一起就行，妳就在家裡坐鎮吧。另外明天讓李叔給我娘她們帶些女人用的東西過去，藥也抓一些帶過去，這藥不能斷了，只要身體好了，其他都不重要。」

李嬸邊往鍋裡倒油邊嘆氣。「妳娘她們這樣也不行，妳妹妹沒妳娘護著，那些下人不欺負她才怪呢！以前我們不是沒在大院裡待過，那些刁奴都陰狠著，說起來咱們就是沒辦法，不然我也可以進去照顧雲綺小姐，乾脆……我到曹家去試試？」

水瑤搖頭，這事她不能答應，先不說家裡需要李嬸，曹家也不是那麼好進的。「妳留在家裡就好，還得照顧鐵鎖和雲崢呢，曹家那邊我們也在想辦法，反正雲綺身邊已經安插我的一個丫頭了，有什麼事情，至少咱們不會被蒙在鼓裡，她私下也會幫助雲綺的。」

到了晚上，徐五給水瑤帶來消息。

「你說那個首飾鋪子有來頭？」水瑤問。

徐五點頭，將杯子裡的水一飲而盡之後才開口。「聽說這鋪子是京城的貴人開的，至於這個曹家三姨奶奶跟對方是什麼關係，目前還不知道，希望只是單純的過去買首飾。我還打聽到這個三姨奶奶娘家就剩一個哥哥了，而且對方還跟曹家一起做買賣，應該沒什麼大問題吧？」

其他的徐五也打聽不出什麼，水瑤就更加說不好了。

徐五撓撓頭。「對了，這個曹家五爺好像跟曹家老爺子一起辦什麼書院，唉，我就不明白，曹家出一個當官的還不夠，打算讓他們曹家子弟都做官不成？」

徐五的話倒是提醒了水瑤，她想起前世好像聽人說過這邊有一間挺有名的「南京書院」，南京書院出來的人自結一派，只是當初她並不知道曹家跟她有關係，所以並沒有太關注。

「原來是這樣啊，這曹家的老頭還挺有頭腦的，如果有一個人考中了，還不得感謝他這個出資人，他就多了一條人脈。不過這事咱們暫時也管不著，注意他們這些人的行蹤即可。」

第二天一早，水瑤準備出發，就遇到安老的小夥計過來給她報信。

「水瑤，曹家那邊來人了，說讓師父明天過去給人瞧病，還提出要求得帶上他的小徒弟，妳到時候心裡可要有點準備。」

小夥計的話讓水瑤心裡不由犯了嘀咕。「怎麼突然指定讓我也跟著過去，難不成那邊有人想見我？」

小夥計搖頭。「這事師父也不好說，總之就是這樣，我先走了。」

水瑤跟李大他們幾個說了一下這情況。

「那也不能不去啊，如果不去，勢必會引起對方的懷疑，可若是去了，我擔心他們會瞧出點什麼，畢竟妳是一個女孩子。」李大道。「這事真有些難了，也不知道對方在打什麼主意。」

水瑤搖搖頭。「怕是曹家人有些懷疑了，不管了，先這麼辦，到時候好好喬裝一下，車到山前必有路嘛！好了，我先陪雲崢他們過去。」

打定了主意，水瑤乾脆放開心思，好好享受這難得的出遊，之前在鄉下不是為了生活奔波，就是為了家裡那些人和事忙碌，哪還有別的心思去欣賞周圍的景色。

「姊，妳看，前面就是他們家住的地方了。」

雲崢的同學穆鴻住在郊外的梨樹溝，離他們住的地方不是很遠，就是有些偏僻，一般人很少會來這裡。

水瑤其實挺佩服穆鴻這個小傢伙，聽說他上下學都是走路來回的，因為家裡供他讀書已經是盡了全力，根本就沒銀子給他住宿。

水瑤他們的到來受到村裡孩子們的追捧，雲崢也不吝嗇，把水瑤準備的糖拿出來跟大家分享。

穆鴻聽到街上的聲音後跑了出來。「洛崢快進來！這兩位是？」

雲崢笑呵呵的拉著水瑤的手。「這是我的兩個姊姊，你也跟著我喊姊姊吧。」

穆鴻給水瑤的第一印象不錯，瘦高的個子，皮膚有些黑，估計跟天天走路有關，穿的是綴滿補丁的衣服。

「來來來，都幫忙拿東西，穆鴻，你們家大人呢？」水瑤問。

「爹娘他們下地捉蟲子去了，我怕洛崢今天還要過來，所以就耽擱了一會兒，沒想到你們真的來了。大姊，你們怎麼又拿那麼多東西啊，我娘都說過不讓洛崢帶了。」

水瑤拎著東西，邊走邊笑道：「那是因為我們也要在你家裡吃飯啊，你說我們這麼多人，總不能把你們家剩下的那點糧食都吃光吧。再說，有好東西就要跟好朋友一起分享，反正也不多，就當是我第一次上門的禮物了。」

# 第三十五章

水瑤他們放下東西，就跟著穆鴻去到地裡。人家大人都在忙活，他們總不能在家裡等著人家回來給他們做飯吃吧，所以除了徐倩在家裡做飯之外，其他人都跟著到地裡去幫忙。

看到地裡黑壓壓的人頭，連水瑤都有些反應不過來了。「這是怎麼了，怎麼這麼多人？」

她在鄉下生活過，也知道這個時候沒太多農活，頂多拔拔草、除除蟲，所以她沒想到地裡竟然會聚集這麼多人，估計整個村子都出動了。

最後還是穆鴻給她解了惑。「最近蟲子鬧得太厲害，所有的莊稼都爬滿蟲子，所以我們每天都下地去捉，不過即便是這樣，也沒蟲子長的速度快。」

水瑤苦笑一聲。「就你們這種捉法，這邊蟲子捉完，別的地方的蟲子照樣會爬到你們這邊來，這可不行，費工費時費力不說，根本起不了多大的作用。」

雲崢在一旁仰著小臉，拉著她的手搖晃著。「姊，妳幫幫他們吧，妳肯定能想出辦法來的。」

水瑤摸摸弟弟的小臉蛋，哭笑不得。「你這傢伙還真相信你老姊有這本事，唉，讓我想想。」

對付蟲子無非就是灑藥，可現在沒有專門對付蟲子的藥，更別說能買到了，不過辦法她倒是有一個。

看穆鴻眼巴巴的盯著她瞧，那眼神充滿希冀，水瑤就更無法拒絕了。「穆鴻，你去把你父母找來，我跟他們說一下怎麼滅蟲子。」

小傢伙開心的答應了。

「爹、娘——」田間地頭瞬間響起穆鴻的聲音。

水瑤也不往裡面走了，這地裡到處都是蟲，她擔心過去後渾身都會爬滿蟲子，雖然不會咬人，可也噁心人。

「你們兩個去採野菜，一會兒姊姊去找你們。」

太陽如火，她也不想讓兩個小的跟著曬，就怕曬出個好歹來。

遠遠的，她就看到穆鴻拉著一男一女往這邊走，待走近後，水瑤大致也能瞧出端倪，那個男人長得高高壯壯，看來穆鴻長得像他爹。

「姊姊，這是我父母。」穆鴻介紹道。

看到穆家男女主人，水瑤先打招呼問好，男人立刻問起治理蟲害的事。雖然他也懷疑眼前這個半大的小姑娘，可是蟲害嚴重，只要有可能，他不想放過任何一個可以挽救他們口糧的機會。

「姑娘，妳確定有辦法解決這些蟲子？」

水瑤點頭。「穆伯伯，你別急，要想消除蟲害，只能全村子的人一起。」

穆向東的眼神不是沒有疑惑，他心裡也擔心，萬一這孩子沒弄清楚，耽誤了捉蟲，他們家損失事小，耽誤了全村可怎麼辦，這個責任他擔不起。

水瑤眼神清明而認真的盯著穆向東。「伯伯，相信我，我弟弟跟你兒子是朋友，我們兩個沒怨沒仇的，我沒道理害你，更不會置全村人的生活於不顧。我也是窮人家的孩子，我知道沒飯吃是什麼滋味，莊稼就是咱們的命根子。」

人家孩子都這麼說了，穆向東要是再懷疑，都覺得自己對不起這孩子的一片心意。即便他們這麼捉下去，也難以抑制蟲害的蔓延，如果一直這樣，他們很可能會顆粒無收，與其如此，他寧願冒一次險。

「姑娘，要不妳說說看，到底什麼東西能消滅這些蟲子？」

水瑤指指路邊的樹。「把這種樹的果實弄碎了噴灑在莊稼上就能對付蟲子，你可以馬上弄來試試，如果有用，你就告訴村長，讓大夥兒都來試，反正也不需要銀子，很方便。」

穆向東現在也顧不上別的，反正這些東西對莊稼也沒害處，不如試看看。

「行，我現在就去弄。」

馬鵬和水瑤在一旁幫著夫妻倆，有馬鵬這一個好幫手，弄這些東西簡直就是信手拈來，這傢伙上樹可比穆向東俐落多，彷彿不費什麼力氣就上去了。

連穆向東都不得不感嘆年輕就是好，想當年他也是爬樹高手，可惜上了年紀，這手腳終歸沒年輕人麻利。

弄好東西趕緊拿回家加工，穆鴻便跟他爹娘說起徐倩在家裡幫忙做飯的事情。

「你們來做客，怎麼還讓你們出人出力又提供東西，說實話，嬸子我這老臉都不知道往哪裡擱了……」穆向東的媳婦是真的有些不好意思。

水瑤笑笑。「嬸子，妳也別客氣，妳看穆鴻和我弟弟是同窗，以後肯定還會常常來往，說不定還要麻煩妳呢！」

為了穆家來年的口糧，水瑤他們幾個也算是捨命陪君子了，就連徐倩都跟著到地裡去幫忙。

他們也沒什麼稱手的工具，只能拿著笤帚草蘸水往莊稼上灑，好在他們人多力量大，一人負責一塊，速度就快多了。

在地裡捉蟲子的人不時地起身看看，大家都納悶，這穆向東是怎麼回事，不捉蟲子怎麼還在灑水？

「向東，你這是幹麼呢？」

穆向東邊幹活邊解釋。「大伯，我在滅蟲子，一會兒就能看到效果，有效的話大家都弄，你們到我身後去看看，蟲子下來沒？」

那個被稱作大伯的就是梨樹溝村長，也是穆向東的親大伯。

「哎呀，蟲子都下來了，哎，大家都來看看哪！」

這一喊出聲，過來瞧的人就更多了，只見從莊稼上掉下來的蟲子在地上蹬著腿，眼瞅著就快不行了，大夥兒心裡一喜，更想知道他們是用什麼辦法。

得知穆向東用的東西和製作過程後，村裡的人哪還忍得住，撒開腿就往回跑。

「快點弄東西去，說不定晚上蟲子就能滅光了！」

穆家大伯也沒空閒跟水瑤他們多說，先把蟲子滅了再說。

等水瑤他們都弄完，村子裡的人已經陸陸續續地挑著水桶往地裡走，看到水瑤他們，也不管認不認識，都熱切地跟他們打招呼。他們都知道這辦法是這位小姑娘想出來的，衝著這點，這孩子都值得他們尊敬。

「唉，我現在才知道種地也不容易，你看看我都快曬脫皮了，這要是常年在地裡做活，還不得脫好幾層皮啊！」鐵鎖不禁感慨。

雲崢也贊同。「說的是，以後咱們可不能浪費糧食。」

水瑤牽著兩個人的小手，邊走邊教育。「以後你們不管做什麼都要盡自己的努力，不能半途而廢……」

對水瑤這小姑娘，穆向東其實也挺好奇的，他只聽兒子說這個同窗家裡條件不錯，要不然人家也不會坐馬車來，不過他不大明白，這究竟是怎麼樣的一個人家，竟然能養出這樣的孩子？

他對水瑤好奇，水瑤何嘗不是如此？一進到穆家屋裡，她才發覺裡面有些陳設跟外面不大一樣，擺設雖然普通，卻都有講究，她也看不出這穆家究竟是怎麼樣的人家。

估計是幹活累了，就連雲崢和水瑤這一頓都多吃了不少的飯菜，吃飽後就到樹蔭下乘涼，聽穆向東說些鄉下有趣的事情。

說著說著，就聊起穆家的事。

「唉，說起來我們穆家祖上還是讀書人呢，可惜就出那麼一個當官的，後來一代代敗落，現在穆家沒出幾個讀書人，就更別說是做官了。」穆向東感嘆。

水瑤看了一眼有些惆悵的穆向東。「伯伯，你們家出的是什麼官啊？」

穆向東笑了。「到底是什麼我們也忘了，正好家裡有他留下來的一本書，我拿給你們看看。」

還沒等水瑤阻止，穆向東就跑回屋去了，他媳婦好笑的搖搖頭。「妳伯伯是看到你們來了開心，他們家對這書可寶貝得很，連我都沒見過呢，平時跟祖宗似的供著。唉，都多少代過去了，也不知道是誰寫的，我就不信那書還能保存上百年。」

「來來來，都看看，我沒說謊吧？」穆向東獻寶般把他們家祖上寫的書小心翼翼地從盒子裡拿出來，那書還用層層的布包裹，可見穆家對這東西的重視。

水瑤此刻也不敢怠慢。「伯伯，我先去洗洗手，畢竟這書是你們家祖上傳下來的，可不能弄壞了，好東西就該好好對待。」

也不知道是天意如此還是水瑤這手靈，她翻第一頁就知道對方是什麼官位和身分，隨便再翻一頁，就看到一個令她震驚的內容。

她想起之前聽說書的說過關於前朝寶藏的事，此刻又在史官寫出來的書上看到，且裡面說得有根有據，像是當初皇上派了幾個人出去、這些人都姓什麼。如果是杜撰的，可不會寫得這麼詳細，而且仔細一比較，這上面寫的跟說書的說的不大一樣，不過她會選擇相信這個版本的。

她知道手裡這書的重要性，如果被有心人看到，那外面將會掀起一場腥風血雨。想到這裡，她趕緊把相關內容都看過一遍，記在腦海裡，這才合上書頁，抬頭看著穆向東。

「伯伯，這書很珍貴，我勸你還是藏起來為好，有些東西咱們不在意，但看在外人眼裡就是好東西，以後不管是誰來了，你都不能拿出來。不是我危言聳聽，一旦有人起了歹念，那就是殃及親人的禍事。」水瑤嚴肅地道。

穆向東不傻，自己家裡的東西能不知道其中的重要性嘛！他將書仔細包好，急匆匆跑回屋藏了起來。

「唉，他們家祖上就留下這麼個東西，也沒啥大用，不當飯不當穿的，還不如留點別的還能當個念想呢！」穆向東媳婦不識字，這東西對她來說根本就沒多大的作用。

開心的時光總是過得特別快，告別穆家人，姊弟幾個踏上歸途。

水瑤不知道的是，家裡還有一個人在焦急地等著他們歸來。

「你們上哪裡去了？我好不容易來一趟，竟然見不到你們的人影，真是的，出去玩也不等等我！」

莫成軒估計是許久沒見到水瑤，這話匣子一開，就有些停不了。

連水瑤都覺得這傢伙被什麼東西附體了。「哎喲，你先喝口水吧！這大熱的天，我們都快累死了，誰知道你會來啊？不過你來得正好，我正有事情要找你呢！」

# 第三十六章

待水瑤洗漱好之後，才正式坐下來，先說了藥材的事。

「又有事情要發生了？」莫成軒現在都養成習慣，水瑤說什麼他都會當真，沒什麼好質疑的。

水瑤點頭。「所以你那邊的藥材你負責，這邊我讓徐五一起負責採購，怎麼個賣法你們兩個去商量，這事我就不管了。還有另外一件事，要是有人問起我的身分，我能不能假裝是你們家的親戚？」

莫成軒聽到這話，眼神一轉，神色立刻就變了。

「怎麼，有人要對妳不利？」

水瑤嘆口氣。「是，你也知道我一直在找我的親戚，現在找到了，不過事情有些複雜，一時半會兒說不清楚，我暫時還不想跟他們相認，所以我想借用你家的親戚身分掩護一下，你看怎麼樣？」

莫成軒笑了。「放心，這事好辦，妳就說是莫家的人。」

水瑤朝莫成軒伸出大拇指。「行，那明天我就不擔心了。對了，你過來不會只是看我們這麼簡單吧，你老實交代，到底過來幹什麼？」

莫成軒臭屁地蹺著二郎腿晃蕩著。「真是，我就不能過來走個親戚什麼的？放心，我娘也跟我一起來，我有個姑母嫁到這邊來，這次她要嫁女兒。」

水瑤本來還想留他在這裡吃飯，不過莫成軒這頭是去做客，也不好都不回去吃晚飯，另外他也怕他娘擔心。

第二天一早，水瑤就跟安老大夫一起去了曹家。

她不是沒來過曹家，但之前都是去洛千雪的院子，這次卻不同，剛進曹家大門，立刻感覺到不同的待遇。

「安老大夫，這邊請，我們家老太太身體不適，三夫人孝順，就請你過來瞧瞧。」

水瑤眼神微眯。三夫人？不就是搶了她娘位置的那個女人？

齊淑玉想討好老太太也不至於非請安老過來吧，還非要讓老爺子帶著她，這葫蘆裡賣的什麼藥別人看不出來，她心裡可明白，到底是讓這個女人心生懷疑了。

安老大夫也是擔心水瑤露怯，碰了她的手臂一下提醒。「一切見機行事，別怕，還有我呢。」

怕？現在水瑤倒是真的不怕了，不就是見曹家的人嗎？現在她這打扮，連她自己都快認不出原來的她，她就不信曹家老太太和那個齊淑玉會認出來。

領著水瑤他們來的丫鬟一拐，帶他們到另外一個院子，水瑤看這院中種的花草，都有些牙根癢，都是些名貴品種，值不少銀子，都夠她娘和翠姨她們生活好久了。

「三夫人，安大夫來了。」丫鬟稟報道。

水瑤的手不由得握緊又放開，喘一口粗氣，眼神堅定地看著裡面。

隨著珠簾和環珮的叮咚聲，裡面走出來幾個女人，中間那位瓜子臉、柳葉眉，尖尖的下巴高高抬起，身上透著一股冷漠和疏離，看他們的眼神中有著凌厲。

水瑤趕緊低下頭。這女人就是她爹的那個妾？整體來看長得還算不錯，屬於中上之姿，可在她心中，即便這個女人化了精緻的妝容、穿著綾羅錦緞，一身珠光寶氣，依然無法跟荊釵布衣的娘親相提並論。

齊淑玉打量著眼前的師徒倆，尤其是那個小徒弟，怎麼看都不像是女孩子呀？據她調查來的消息，這老大夫平時出門都是一個人，怎知有一天突然帶了一個小徒弟，一打聽之下，才知最近有個女孩子剛到這裡落腳，和老大夫還頗為親近，她只覺得有說不出的可疑。

為免夜長夢多，所有懷疑的事情都要仔細排查清楚。

「抬起頭來回話。」齊淑玉語氣淡淡。

水瑤抬起頭眨巴眼睛，跟齊淑玉的眼神對上，就這麼直勾勾地盯著。

「看什麼看，沒教養的東西！」還沒等齊淑玉開口，身邊的丫鬟梅香立刻一聲呵斥。

水瑤臉上頓時帶了委屈之色，粗聲道：「夫人很美，連這個都不給看啊？」

安老大夫在一旁解釋。「夫人莫怪，我這個小徒弟就是話多，您就原諒他年紀小，是老夫沒教育好。」

齊淑玉上下打量一番，聽這小子的聲音明顯就是男的，看來是她想多了，如果真是那丫頭的話，怎麼可能這麼大膽，畢竟洛千雪那樣的女人，孩子定也是怯懦的，看雲綺這孩子就知道了。

「算了，小孩子童言無忌，本夫人還不至於連這個度量都沒有。」齊淑玉吩咐。「我們老太太身體不適，安老大夫可一定要好好的瞧瞧，跟我走吧。」

齊淑玉帶著兩個丫鬟先行，水瑤和安老大夫則跟在後面。

曹老太太這兩天的確胃口不適，但還沒到非要看大夫的程度，她也沒想到這個三兒媳婦竟然給她找大夫了，心裡有些欣慰，總算是沒白幫這個人。

「妳有心了，讓人進來吧，瞧瞧也好，省得你們擔心。」

齊淑玉一反常態，在老太太面前誇起了水瑤。「娘，您看看這個小徒弟長得多俊俏呀，也不知道什麼樣的父母能養出這樣的孩子來。」

老太太還沒注意到安老大夫身邊的水瑤，這一打眼，心頭不由一震，這雙眼睛跟洛千雪可真像。

「你是哪裡人，多大了？」連老太太都沒察覺自己的聲音裡帶了一絲緊張。

水瑤畢恭畢敬地道：「回老太太，小的十歲了，是建業縣莫家的親戚。」

「哦，原來你是莫地主家的人？」老太太年輕時曾跟老爺子一起做生意，對建業縣莫家多少還是有些耳聞，見水瑤對答如流，心裡那點小小的疑惑也算是煙消雲散了。

之前她不是沒有懷疑過，畢竟帶回來的只是一堆白骨，雖說條件都符合了，可她心裡總有一個希冀，希望是兒子他們搞錯了。

可看眼前這孩子年紀對不上、性別對不上，就連這身世就更對不上了，或許是她多想了，那沒見過面的孫子和孫女恐怕早就魂歸九泉了。

齊淑玉在一旁皺著眉頭問：「我記得建業縣莫地主家有兩個嫡子，不知你認不認識？」

水瑤在心裡冷冷哼了一聲，這個齊淑玉還真是不到黃河心不死，到這個時候還想要套她的話。

她抬頭，認真地盯著齊淑玉。「夫人恐怕是記錯了，莫家只有一個嫡子莫成軒莫少爺。」

齊淑玉恍然，拍著自己的腦袋。「瞧我，腦袋記不清了，是，莫夫人是生了一個兒子。對了，如果我沒記錯，莫家在我們這裡還有一個親戚？」

水瑤似笑非笑的看著齊淑玉。「那是我本家的一個姑姑，這次她嫁女兒，莫夫人也帶著兒子來了。」

「徒兒，你過來幫我一下。」安老大夫突然開口打斷齊淑玉的問話。

水瑤像模像樣地坐在老太太的跟前，手輕搭脈上，閉上眼睛感受好一會兒才開口。「老太太消化不好，飲食適合清淡一點，沒事就多出去走動走動，不然容易積食。」

安老大夫摸著山羊鬍，笑咪咪地點頭。

「是這個理，老夫不建議吃藥，是藥三分毒，不如吃點山楂之類的促進消化，飲食少油少鹽，過兩天就會好的。」

老太太心裡明鏡似的，自己的身體自己最明白，沒想到這個小傢伙竟然會看病，真是小瞧了人家。

「這人啊上了年紀，身體可真的不能跟年輕人比，那我就聽你的，以後吃清淡點的。」

在水瑤的眼裡，老太太還真的算不上太老，至少這臉上的皺紋不多，跟夏奶奶比起來，算是年輕多了。

據她得來的消息，曹家後院雖說是讓大夫人總管，可真的遇到事情，還是由這位老太太出馬。

由此可以看出，她這個祖母精明是精明，但功利心太強，拆散了人家的姻緣，那可是要折壽的，就衝著這一點，她對這個老太太就喜歡不起來，不過倒是沒恨到骨子裡。不管是為了面子，或是為了不落人口實，這老太太對她娘還真的沒出手，如果這老太太出手了，恐怕她早就跟娘陰陽兩隔了。

「老太太，我祝您健康平安、長命百歲。」

這麼討喜的話，老太太打心眼裡喜歡聽。「這孩子嘴巴真甜，安大夫，你算是收了個好徒弟啊。秋月，打賞。」

水瑤看著白花花的二十兩銀子，心裡感嘆，難怪那麼多人喜歡拍馬屁，這馬屁拍到點了還真的能得到實惠。

水瑤拿著銀子看安老大夫一眼，趕緊跪下謝賞。

老太太看水瑤這機靈勁兒，沒來由心裡一陣歡喜。「好孩子，快起來吧，以後有空就過來幫我瞧瞧，說不準就應了你的那句『長命百歲』了呢！」

水瑤樂顛顛的答應了。「謝謝老太太，只要您不嫌我煩，我以後就常來看您。」

「娘……」齊淑玉作夢都沒想到這小徒弟竟然得了老太太的青眼。

老太太看向齊淑玉，擺擺手。「我累了，妳先送人出去吧。」

安老大夫和水瑤兩人趕緊告退出來，不過當然還是先前那個丫鬟領他們出去。

看了一眼曹家內院的各種繁華，水瑤心裡不是沒有感慨，這些現在都與她們幾個沒有關係，不過以後就不一定了。

水瑤轉身，堅定地跟安老大夫走了出去。

「總覺得這個三夫人對妳的身分還抱著戒心，以後謹慎些為好。」安老大夫並不多說，依這孩子的聰明程度，恐怕也能看出一些什麼。

水瑤笑嘻嘻地點頭。「我知道。對了安老，這個賞銀咱們倆對半分，您老可別推辭，雖說您也拿了銀子，可那是您該得的診金，我這個就是白撿的，讓您拿去給您的孫子買點吃的。」

水瑤不由分說把十兩銀子塞到安老大夫的手裡，讓他哭笑不得。「妳這丫頭，給孩子買吃的也要不了這麼多，這可都夠一般人家生活好幾年。妳啊，以後省著點花，妳娘他們還得指望妳呢！」

既是小徒弟孝敬的，安老大夫也不推辭了，反正他跟這孩子的緣分就是上天注定好的，以後這孩子有什麼事，他也不會袖手旁觀。

還沒走出曹家太遠，後面就有人喊他們，一瞧，竟是剛才送他們出來的丫鬟。

安老大夫眉頭一皺。「這又是怎麼了？」

原來是曹雲鵬最近抬的一個妾突然在老太太跟前暈倒了，這不，安老大夫他們剛離開，便又急匆匆的喊他們回來。

安老大夫也不含糊，診斷過後，朝老太太一抱拳。「老太太，恭喜，你們家又要添丁了！」

老太太眼裡頓時迸出驚喜。

「你說她懷孕了？」

安老大夫點頭。

「是，只是日子尚淺，且姨娘這身體有些瘦弱，以後要注意調養，母體不健康，自然會影響到腹中的胎兒。」

水瑤打量著榻上躺著的女人，嬌嬌弱弱的，怎麼看都是一副弱不禁風的樣子。她看到齊淑玉眼裡那一團快要噴出的怒火，有些暗喜，有這個女人跟齊淑玉對掐，或許她的精力就不會放在她們那邊了。

「好好好，真是天大的喜事，我們老三又有孩子了……」

在老太太一番感謝之後，師徒兩人又多得了一份賞金，這才慢悠悠地離開曹家。

# 第三十七章

跟水瑤他們得到銀錢的開心比起來，有一個人銀牙都快要咬碎了。

在老太太面前她還能裝裝樣子，可是回到屋裡，她氣得把桌子上的東西全部掃到地下，眼神如刀，射向身邊的丫鬟。

「混帳！妳們都是怎麼做事的，那個女人為什麼會懷孕？菊香，妳給我好好的解釋解釋！」

面對齊淑玉的怒氣，幾個丫鬟嚇得身子一抖，菊香更是撲通一聲直接跪在地上，磕頭如搗蒜。

「主子饒命啊！這事我也懷疑，每次我都是看著她喝下去的，也不知道究竟是哪個環節出了問題，也許……也許是她在我走後又吐了出來……真的，我沒騙您，珠兒可以作證，每次我都是帶她過去的。珠兒，妳快跟夫人說我剛才說的是不是真的？」菊香急切地拉來在一旁站著的小丫鬟。

在齊淑玉凌厲的眼神下，珠兒哆嗦了下，還是鼓起勇氣開口。「夫人，菊香姊姊說的沒錯，我每次都看見那個女人喝下去，我可以發誓。」

齊淑玉盯著珠兒看了好一會兒，確定她沒撒謊後，惡狠狠地道：「那個賤人竟敢跟我玩這一手，真是讓我小瞧了！」

梅香湊上前。「夫人，要不要我們動手？」

齊淑玉長嘆一口氣。「胡鬧，這時候能做這事嗎？妳們幾個先下去吧，梅香和蘭香留下來伺候。」

打發了其他人，齊淑玉才問出她心裡的疑惑。

梅香和蘭香是她成親時陪嫁過來的，那個時候兩人年紀還小，現在可是她最得力的丫鬟。至於菊香和竹香則是原來的丫鬟許配了人才升上來的。

「梅香，妳覺得菊香說的話可靠嗎？」

梅香思考了一會兒道：「主子，菊香應該沒說假話，她跟那個女人根本就沒怎麼接觸過，何況她老子娘還在咱們手裡，不為別的，就為了自己家人，她都得老老實實的。

「只不過這女人挺厲害的，就算這樣也能懷孕，萬一以後真的生下兒子，那就更難對付了。現在因為洛千雪的事情，老爺對您可沒之前熱絡，這並不是好事，您也得琢磨看看怎麼把老爺的心收到您這裡來。」

蘭香在一旁點頭。「說的就是，主子，咱們不能讓她這麼安穩的生下來，要不然她的尾巴還不得翹上天？」

齊淑玉有些鬱悶。

「這個人有些難辦，她是老太爺和老太太幫著弄來的，在咱們手上出事，先不說老爺，就是老太太這頭肯定會懷疑。這事先緩緩，妳出去吩咐大廚房，每天好吃好喝的伺候著，銀子從咱們這邊出。」

蘭香有些不解。「主子，咱們這樣做豈不是成了冤大頭？」

齊淑玉嘴角噙了一抹冷笑。

「先讓她好好養著，外面的人只道我這個主母仁慈，至於能養到什麼程度就看她了，小門小戶的，誰知道她的身體能不能承受得了？梅香，妳去找大夫人要些補養藥材送過去給她保胎。」

梅香會意地點頭。

水瑤最近有些忙，藥材陸陸續續採購回來，根本就沒時間去關注曹家後院的事。

徐五還真的沒讓她失望，這傢伙估計知道能掙銀子，這採購量大大超出水瑤的預期。好在徐五還知道做人留一線的道理，給那些採購商們留點剩湯。

可即便是這樣，各家分起來也沒多少，好在這藥平時用得少，所以眾人即便納悶，也沒多在這上頭打轉。

只是沒多久，他們就知道這幾種藥材的重要性了。

秋收剛過，天氣逐漸轉涼，京城附近陸陸續續出現家畜和鳥類大量死亡的消息，且勢頭銳不可當，蔓延速度很快，後來人類也染上這種疾病，雖尚未波及到整個離國，可整個北方都陷入恐慌之中。

即便水瑤心裡有準備，可真到了面對的時候，連她都覺得可怕。

「小姐，徐五那邊已經打探到消息，現在咱們設在各處的鋪子都擠滿了人，安老那邊也是同樣的情況，幸好咱們有提前準備……」

水瑤心裡有些沈重，即便提前準備，依然無法阻止疾病的蔓延。「能買到藥的只有有錢人，那些掏不起錢的人還是得受病痛的折磨，甚至死亡。」

李大苦笑一聲。「這就是命，我們不是神仙，沒法救那麼多人，跟其他的藥房和藥商比起來，咱們的價格算是很公道了。」

馬鵬在一旁猶豫一下，還是跟水瑤彙報了最新的消息。「估計不久後咱們這邊也該封城了，聽說再往北已經有不少地方連村子都封了。小姐，咱們是不是該早點做打算，若真到封城的時候，想出去都難了。」

水瑤沈默了一會兒。

「李叔，你去找張龍他們，想辦法去收購糧食和蔬菜進來，如果封城了，這些也會變成熱賣商品。馬鵬，你帶雲崢和鐵鎖先離開，到李豹他們那邊去，在山裡有糧食、有藥材，應該沒什麼大問題，若一直守在這裡，我不敢保證大家一定不會被感染，李嬸也跟過去照顧他們。徐倩就留下來，我另有安排。」

水瑤帶著徐倩來到回春堂，這裡已經人滿為患，都排到大街上，就因為水瑤和安老大夫這裡的藥效最好，也最便宜，所以人人都往這邊跑。

「丫頭，妳總算來了！」安老大夫連午飯都沒吃，一直堅持先給大家看病。「妳快過來幫忙，這裡都快忙不過來了。」

不只是安老大夫，就連他的媳婦、兒子和兒媳婦都上陣了。

水瑤苦笑一聲。「您老也太會抓壯丁了！話說東西我都帶來，你們快過去吃點飯，我幫著抓藥。」

其實這疫病的病症基本上都差不多，藥也一樣，不過安老大夫的藥方要高明一些，他會根據不同人的情況調整劑量，只是這樣速度不免慢了許多。

安老大夫他們一停手，排隊的人就開始不滿了，議論紛紛。

「怎麼能這樣？我們這都是等著救命呢，少吃一頓飯會怎麼樣？」

更有甚者不僅差點都要衝進來動手了。

水瑤一瞧這樣可不行，趕緊推開人群，站在椅子上。「大家都聽我說，你們這病情都差不多，都是因為家禽感染所致，所以藥方都是相同的，至於劑量，我會按照重的來，不管你是輕還是重，吃了都不會有什麼問題，不然大家一直這麼排著也不是辦法，不如就按照我說的來，我肯定不會害大家的。」

水瑤不知道的是，在她慷慨陳詞的時候，曹雲鵬正帶著手下官員們在各大藥房視察，正巧他走到回春堂，也見到那個站在凳子上力勸大家的小女孩。

他心裡不禁敬佩，可等他看清楚那說話女孩的容貌，眼珠子都快瞪掉了。

這孩子跟他的妻子洛千雪簡直就是一個模子刻出來的。

雖然他當初離開時，孩子年紀還小，可他還記得自己孩子長什麼模樣，他現在嚴重懷疑那個躺在墳地裡的白骨不是他的閨女。

他下意識開口喚：「水瑤？」

在人群裡的水瑤不知道是誰在喊她，也下意識回道：「是誰喊我？」

曹雲鵬不禁熱淚盈眶，現在他什麼都顧不上，沒想到這個孩子真是他的親生閨女，那個他以為已經離開人世的孩子竟然就站在他眼前。

「水瑤！我的孩子，爹的女兒啊——」

看到在人群外淚流滿面的曹雲鵬，水瑤還有什麼不明白的，此刻就是不想承認都不行。看來這是天意啊！她原本計劃得好好的，誰知老天爺就在這個時候把曹雲鵬送到了她的眼前。

現在她都有些後悔了，今天出門怎麼就沒看看黃曆，這樣面對自己的親生父親，連她自己都說不出是什麼心情。

百感交集？五味雜陳？

她呆呆地站在椅子上，看著曹雲鵬越過人群，激動得一把摟住了她。「水瑤，我的孩子，妳讓爹找得好苦啊！」

安老大夫一家被眼前這突然出現的一幕給搞懵了，不過誰也沒有安老大夫心裡明白，只是沒想到父女相認會來得這麼突然，連個準備都沒給。

水瑤沈澱下心情，認真地盯著曹雲鵬。「你是我爹？」

曹雲鵬流著淚點頭。「水瑤，妳不認得爹了？我是妳爹啊！」

水瑤茫然地搖搖頭。「我不記得我爹長什麼模樣了，他當年離開家的時候我還小呢，後來我跟我娘在路上遇到壞人，我跟娘他們失去了聯繫，我就一路找到這裡……你叫什麼名字？我記得我爹的名字。」

水瑤也打定主意，要是曹雲鵬不敢說出自己的本名，這爹她也不想認了，連自己的過去都無法承認的男人，認了又如何？

「丫頭，我以前叫雲中鵬，後來跟失散的家人相遇，才改回原本的名字，我現在叫曹雲鵬。」曹雲鵬抱著女兒小小的身軀。「妳能記住爹的名字很好，我的閨女就是一個聰明的孩子。來，讓爹好好的看看妳。」

曹雲鵬光顧著激動，還沒好好打量過孩子呢，也不知道閨女在外面吃了多少苦。

「丫頭，嬤嬤呢？他們沒跟著妳？」

聽見曹雲鵬一番話，水瑤哇的一聲大哭起來。其實她心裡也有許多委屈，尤其經歷了兩世，那麼多的痛苦和磨難，她都沒人可以傾訴，每次都是偷偷躲在被窩裡哭，這一次她要痛痛快快地哭一場，不只是為自己，也為弟弟和娘他們。

「爹，你為什麼不來找我，你為什麼不來看我，你知不知道我過得有多難多苦……嬤嬤他們都死了，只剩下我……」

在場的人也被這一幕父女相認的場景給嚇傻了，不過一看到穿著官袍的曹雲鵬，又嚇得趕緊跪下磕頭。

「都起身吧，大家的事情要緊，希望我們父女倆的相認不會耽誤大家抓藥。」曹雲鵬道。

這邊安老大夫讓家裡的人都上陣抓藥，他則招呼知府老爺進屋落坐。

「大人，您是不知道水瑤這孩子有多苦，不只要養活自己，還要保護自己，您看就這世道，多難啊，先前是水災，現在又是瘟疫，能活著已經很好了。」安老大夫也不知道水瑤現在打的是什麼主意，故也沒敢說出雲崢的事情。

他命人端上茶水後，便把空間留給父女二人。

水瑤佯裝急切的問道：「爹，我娘呢？雲綺呢？她們都在哪裡？她們都安全嗎？」

曹雲鵬連連點頭。「她們都好著呢，就在家裡。妳娘因為妳和弟弟沒了，都生病了。走，爹帶妳回家，咱們去看妳娘和妹妹。」

其實水瑤心裡也在猶豫要不要說出雲崢的下落，這謊可以撒，可是以後就不那麼好圓了。

不過就這麼輕易進去曹家，她還是心有不甘。要去，也得先講好條件。

水瑤心裡百轉千迴，可卻沒在曹雲鵬面前表現出來，她噘著小嘴不滿道：「爹，如果我現在回去了，你要怎麼跟家裡說？我聽人說曹家之前埋了兩個孩子，那兩個孩子是誰？還有我一直沒弄明白，我們在路上為什麼會被追殺？看那些人絕對不是簡單的劫匪，對方的目標很明顯就只有我們，那些人你調查得怎麼樣了？如果這次我回去了，我的生命還會不會受到威脅？」

# 第三十八章

曹雲鵬臉色一沈，溫潤的眼中難得露出一抹狠色。「我看誰還敢害妳的性命！以前是我大意了，現在妳爹我都升官了，如果連自己閨女都保護不了，我這官也沒多大用處了！」

隨後他語氣一緩。「閨女，爹不是沒查過，這事發生得突然，而那些人也消失得無影無蹤，等我得知消息後，他們就好像人間蒸發了一樣。當初我也不是沒懷疑過家裡的人，可我當官，他們從商，我跟家裡的那些兄弟姊妹間也沒什麼利益衝突，唯一我懷疑過的人……」

說到後來曹雲鵬就說不下去了，這後院的事情閨女不清楚，再說孩子也小，未必就能理解他的難處。

水瑤瞪大眼睛。「爹，你怎麼不說了？你懷疑誰啊？既然你懷疑了，為什麼不查呢？我是你閨女，弟弟也是你的兒子，兩條人命都不能讓你去徹查嗎？」

面對孩子純真略帶期盼的眼神，曹雲鵬嘆了口氣。「孩子，不是爹不想查，當初我也懷疑是後院裡的人做的，所以我也查了，可惜沒結果，也沒有證據，這也就是你們倆的事為什麼成了懸案的原因，這事說起來是爹做得不好……」

水瑤道：「爹，我也不是讓你立刻給我一個結果，只是有些事我不想稀裡糊塗地過去，我這些日子是怎麼過的，你不清楚，我可以跟你說說……」

父女兩人在回春堂的後院裡說了半天，沒人知道他們究竟談了些什麼，當然水瑤和曹雲鵬也不會對外人說，只是曹雲鵬離開時，神色有些複雜，激動、興奮、緊張、失落、無奈都夾雜在其中。

水瑤送走人後也沒立刻離開，而是幫安老抓了會兒藥，安老也趁這個工夫問她。「妳跟妳爹都說什麼了，他離開時怎麼是那副表情？」

水瑤眉毛一挑。「對我們雙方都有利的事情唄！安老，你這邊自己多注意點，一旦我回去曹家，估計有人會盯上你，雖然有我爹在，架不住有人使絆子，咱們小心點為妙。」

離開回春堂，水瑤沒有立刻回家，而是去找了徐五。

「妳跟妳爹相認了？」這個消息讓徐五吃了一驚，在他們的計劃裡還沒進行到這一步呢。

水瑤嘆口氣，懊惱地拿著撣子在手心裡敲打著。「機緣巧合，沒辦法，只能提前了。估計我爹晚上回去就會說這事，一旦我的消息讓裡面的人知道了，有些人肯定會狗急跳牆，你立刻派人盯著曹家……」

徐五眼中閃過一抹狠戾。

「水瑤，妳確定害你們的人就在曹家內院？」

水瑤搖頭。「我沒證據，但感覺應該是，不管是不是，這事咱們先從曹家入手，而且這幾天就要封城了，咱們的東西都運送得差不多了吧？」

徐五點點頭。「妳跟妳爹說雲崢的事了？」

「說了，不過我沒說太多，就說找到了但是不在城裡，等瘟疫過後我會帶他見雲崢的。好了，咱們剩下的時間不多，抓緊時間佈置吧。」

回到家，徐倩已經做好飯，就等著她回來一起吃。

水瑤端著飯碗說道：「李叔，我今天和我爹相認了，就在安老的回春堂裡。」

李大驚訝得差點連筷子都拿不住了，怎麼好端端的突然就認爹了？之前可是一點徵兆都沒有。

水瑤苦笑了一聲，把今天的事情又說了一下。

「倩姐，之前沒跟妳說，妳現在聽一聽也瞭解了吧？到時我回曹家，妳得一起進去，讓馬鵬在外面接應……」

水瑤在家裡做安排，另一頭曹雲鵬在吃過飯後，單獨跟母親說了今天的奇遇。

老太太差點都要驚掉下巴了，生怕是自己的耳朵出了問題。「你、你說那兩個孩子還活著?!」

曹雲鵬喜孜孜地點頭。「是，娘，老天爺開眼了，兩個孩子都活著，不過兒子我還沒見到，說是不在這邊，再說這邊瘟疫橫行，為了孩子著想，我也不能在這個時候把孩子接進來。」

老太太邊捻著佛珠邊唸叨。

人，還那麼小呢！」

「阿彌陀佛，佛祖保佑，那兩個孩子總算是死裡逃生！老三，這事我覺得沒那麼簡單，你還得繼續派人秘密調查，我們曹家的孩子要怎麼對待那是我們的事，可外人不能這麼欺負人，還那麼小呢！

「說來你爹這個死鬼整天忙到不在家，想找他商量一下都不見人影；還有，你那個姨娘懷孕了是好事，可趕上這個時候，我是擔心哪……」

這時丫鬟臉色驚慌地跑進來。「老太太，家裡出現病人了！」

「什麼！是誰？快，讓大夫人把人送出去！」老太太的話音裡帶著顫抖，她是真的怕啊！這一大家子人，萬一傳染開來，那曹家可真的要遭受滅頂之災了。

剛才的驚喜現在已經完全轉變成驚嚇，老太太手腳開始發抖，這場瘟疫有多厲害，她心裡清楚，家裡這邊已經做了最好的防護，可是依然沒防住。

曹雲鵬頭一次見老太太如此驚慌，趕緊扶住她。「娘，您別急，這病也不是一下子就會死人的，您這個時候把人扔出去，外面的人會怎麼說咱們呢？咱們先看看到底是誰，然後請大夫來瞧瞧。」

龔玉芬現在正忙得焦頭爛額，剛才發現一個患者後，她又派人繼續檢查，發現還有兩個人已經出現癥狀，她不清楚院子裡的其他人是不是也被傳染了。

燈火通明的院子裡，大家一個個用布巾裹住臉，捂得嚴嚴實實，連說話都是甕聲甕氣的。

龔玉芬嫌棄地看著那三個人被抬進柴房，這才吩咐人守著。「誰也不許靠近，她們的東西要單獨使用，還要用開水燙過。」

好歹她家是行醫賣藥，這些常識她還是清楚的，可面對這樣一個困局，她也不知道該怎麼解決。

「讓大夫給她們開藥，你去跟其他幾房說一聲，咱們這邊角門要關閉，各院管好自己，人員不許隨便走動，這段日子各院自己開伙……」吩咐完這些，她心裡還是沒底，只能跑到老太太這邊討點主意。

「娘，我們該怎麼辦？」

老太太長嘆一聲。「千防萬防還是不行啊，玉芬，讓各房領了藥材回去自己熬吧，這個是妳三弟帶回來的藥方，妳到庫房裡給各院分配一下。」

「這……」龔玉芬面帶疑色地接過去。外面的瘟疫別人或許不是很清楚，可是她明白啊，目前各家開出的藥沒幾個能對症的，這個小叔子是從哪裡得來的？

曹雲鵬神色有些不耐。「大嫂，妳別這個、那個了，這是最有效的藥方，我都已經上報給朝廷了，要是沒把握，我能拿自己的仕途開玩笑？總之妳快點讓人抓藥給自家人用，別耽誤了大事。」

老太太也發話了。「妳聽老三的，他對外面的情況最瞭解，只要吃不死人就行，快去。」

龔玉芬剛離開，各房的人就跟著曹雲傑的腳步紛至沓來，一個個面露慌色。

「大嫂，聽說家裡出現染上時疫的下人？如果是這樣，我們可不能留他們在家裡啊，家裡這麼多人，誰敢保證不會傳染啊！」最先忍不住的還是二妯娌戚氏。

三妯娌魏氏也跟著附和。「大嫂，這人留在家裡可不成啊，聽說打個噴嚏或咳嗽一聲都能讓周圍的人感染，妳說家裡老的老、小的小，要是有個三長兩短，讓我們這些老人該怎麼活？不行，這人我堅決不同意留在家裡。」

魏氏的附和聲引來三老太爺的怒視，不過他也沒出聲，只是覺得自家娘們在這個時候開口不適合。

老太太嘆口氣，苦笑了聲。「妳當我願意這樣做？咱們曹家是幹什麼的？是做生意的啊！得要有良心和誠信。這些人雖是下人，可他們賣身給咱們曹家，那也算是曹家的一分子，如果咱們這時候把人給丟出去，妳說外面的人會怎麼議論我們？老百姓又該怎麼說雲鵬？他可是父母官呢，連自己家的下人都不管，那老百姓還有誰會信服他呢？總之這事你們也別心急，老三已經拿來了個藥方，大家都喝點藥，別的我不敢說，至少不會讓大家出問題。」

四妯娌董氏可不願意了。

「大嫂，妳這話說得是有理，可妳敢保證那些人就不會傳染給家裡的大人和孩子？再說吃了妳這藥，就能保證一定不會得瘟疫？」

這話別說是老太太，就連曹雲鵬都不敢保證，他畢竟沒試驗過，而閨女只是在他臨走前跟他說這藥方對這疫病效果最佳。

老太太聲音帶了絲怒氣。「那你們想怎麼樣，如果我把這幾個人送到莊子上，你們就敢說自己一定不會生病？這事誰敢保證？」

戚氏先發話了。「不管這幾個人送走與否，我們都不想在城裡待了，妳看現在街面上到處都是生病的人，或生或死，這樣下去，咱們家也說不準啊，我看還不如到各自的莊子上去，待在那裡至少比留在城裡要保險得多。再說，真的等城門封了我們再出去，那對三姪子的名聲也不好聽，我看還不如現在就走。」

老太太掃視了一眼在場的人，恐怕這些人過來就是打著要離開的主意吧。

她苦笑了一聲。「算了，你們既然想走，我也不攔著，不過我肯定會留在這裡陪我兒子的。你們要走就快點，是好是壞就看你們自己，至於藥方你們想帶就帶，不想帶我也不勉強，都好自為之吧！」

老太太都發話了，除了曹雲傑和曹雲鵬，其他人就像潮水般很快就退去，不過曹家老三曹振坤竟然沒有離開，這讓老太太感到有些奇怪。

「老三，你怎麼還不走？你媳婦可都走了，你也趕緊收拾東西去。」

曹振坤擺擺手。「大嫂，我不走，這疫病每個地方都有，就算躲到莊子上也好不到哪裡去。我啊，今天沒喝酒，妳也別當我是說醉話，我這個人平時是有些好酒好色，可有一點我不糊塗，妳說我們都走了，讓我姪子在外面怎麼做人？這事就這麼定了，我在家裡幫著你們坐鎮，你們該幹什麼就幹什麼去，有誰敢扎刺的就衝我來，我曹振坤還真的就不怕那些妖魔鬼怪！」

# 第三十九章

這一番話差點讓老太太感動落淚，這麼多年，她私下因為這個小叔子沒少抱怨過，可現在她不這麼想了，相反的，她對這個小叔子有種刮目相看的感覺，原來這個表面看起來像紈袴的小叔子竟還是個心裡有數的。

老太太眼裡閃著淚花，動容地點頭。「老三，嫂子一直就沒看錯你，好樣的，你大哥不在家，你姪子又天天忙著官府裡的事情，玉芬忙活家裡已經心力交瘁，有你和雲傑在家裡幫忙支撐，嫂子我這心就放了一大半，好好好。」

「爹，我也留下。」曹振坤的小兒子突然從外面走進來。

老太太看了一眼這個姪子，再看看小叔子眼裡流露出的讚許神色，原本想勸孩子離開的話愣是沒說出口。

「好，想留下的大伯母歡迎，你們都是我們曹家的好男兒。老三，你和雲傑從明天開始帶人負責內院的管理事宜，老大媳婦估計也忙得焦頭爛額了。」

曹振坤一抱拳。「嫂子，妳就瞧吧，妳小叔子我好歹也姓曹，什麼事情該做不該做，我心裡有數。好兒子，咱們回去。」

留下的母子三人又重新討論起家裡的事，曹雲鵬心裡有事，不過二哥也不是外人，上一次還因為和離與孩子的事勸過他，而且水瑤姊弟兩個早晚都得回來，讓二哥提前知道也不算是壞事。在他心裡，這個二哥是個值得信賴的人。

「娘，水瑤他們的事我想跟二哥說一下，讓他心裡有個準備。」

聞言，曹雲傑瞪大眼睛。「水瑤？這個名字怎麼那麼熟悉？」說完有些不可置信地指著自己的弟弟。「老三，你別告訴我那個死去的姪女又活過來了？」

曹雲鵬嘆了口氣。「怎麼就不可能，我閨女不僅活著，連我兒子也活著，二哥，這事我也是今天才知道的。」

「什麼？這怎麼可能？那上次帶回來的究竟是什麼人？這中間到底出了什麼問題，怎麼還有這樣的蹊蹺事，死人還有人敢冒充，他們的目的何在啊？」

說完他像是想起什麼。「該不會是有人不想讓這姊弟倆認祖歸宗？」

老太太目露狠戾。「我不管這幕後的人到底是出於什麼目的，但就衝著追殺我孫子這事，咱們也沒完。」

曹雲傑看了一眼自家弟弟。「老三，你有懷疑的人嗎？這事總不會無緣無故就冒出來，他們總有個目的才是。」

曹雲鵬苦笑一聲。「我懷疑是齊淑玉，可我一點證據都沒有。」

老太太聽了直搖頭。「不會是齊淑玉，她這個人撚酸吃醋、使心機什麼的還有可能，可這人命關天的大事，她一個內宅女人根本就沒法做到，況且追殺孩子的人都是亡命之徒，她上哪裡去認識那些人？」

曹雲傑一聳肩。「娘，這事難嗎？花點銀子很容易就能做到。」

老太太皺起眉頭。「我總覺得這事太突然了，你說若是齊淑玉做的，她圖的是什麼，難道是三夫人這個名頭？這也太狠了吧？」

不過這都是猜測，沒有證據，目前誰也不能拿齊淑玉怎麼樣。

曹雲鵬他們離開的時候，老太太還再三囑咐他們先別說出水瑤姊弟兩個還活著的事情。「等瘟疫過去咱們再接孩子回來，我是擔心這中間再出什麼差錯，你跟那兩個孩子可就真的是陰陽兩隔了。」

曹雲鵬剛進到齊淑玉的院子，就聽到屋裡忙亂的聲音，還看到丫鬟們進進出出的。他不禁納悶。「這是怎麼了？」

齊淑玉看到他來了，連忙把東西塞到箱子裡。「老爺，你回來得正好，我聽說家裡有下人感染瘟疫，叔叔他們都要去莊子上，我尋思著趕緊收拾一下東西，讓孩子跟他們一起過去，順便把孕婦也送走，畢竟這懷著孩子呢，可不能出狀況。」

曹雲鵬聽到齊淑玉這話，鬆了一口氣，還好這女人沒想著自己先逃命，就衝著這份情誼，他心領了。

「那妳呢，妳不跟她們一起？」

齊淑玉溫柔一笑。「老爺在哪裡，我就在哪裡，只是孩子們我就沒辦法了，家裡本來孩子就少，我不能讓他們出意外。」

「行，那妳先去安排，孩子可以跟叔叔他們一起走。另外妳派人去問問兩個嫂子家是怎麼打算的，想送孩子出去，那就儘快。」

曹雲鵬對齊淑玉的那點感動，在第二天看到雲綺時就煙消雲散了。

老太太發話了，讓家裡的孩子跟其他幾房一起走。身為大人，巴不得這樣做，因為老太太不走，身為親生兒子和媳婦就更不能離開。

不過在他們心裡，只要孩子好好的，大人吃點苦頭都不是什麼難事，再說家裡還有個知府老爺，能出什麼事？

孩子都被送走了，就只有雲綺被落下，也不知道齊淑玉是故意還是不小心的，反正曹雲鵬的心裡很不舒服。

「雲綺，妳怎麼在家裡，不是讓妳跟哥哥姊姊們一起離開的嗎？」

小丫頭看到曹雲鵬，驚喜之色溢於言表，像小鹿般水潤的眼睛透出一抹怯色。

「爹，我不去，娘還在這裡，你也在這裡，我要守在爹娘的跟前。」

曹雲鵬的心瞬間軟得一塌糊塗，跟那三個孩子比起來，這個女兒更讓人心疼，也更懂事。

他抱起女兒。「好孩子，咱們去看妳娘去。」

既然孩子不想離開，他也不願意孩子走遠，把她留在身邊，就算有人欺負她，至少他能看到，如果跟著一幫人走，他根本就沒辦法照顧到。

洛千雪的院子靜悄悄的，也不知道是因為昨天晚上的事情嚇到了這些下人，還是因為主子們都忙活，這些人便開始偷懶了。

曹雲鵬陰沈著臉，輕咳了一聲。

「呀，三老爺來了，三老爺好！」屋裡聽到動靜的人都紛紛跑出來給主子見禮。

曹雲鵬打量了一下。「怎麼回事，院子裡怎麼沒人？」

「回主子，翠兒姑娘讓我們熬藥，還趕製防護用的面巾，其他的人則去大廚房拿菜了。」

話音剛落，小翠就推開門走了出來，她沒想到曹雲鵬會來，而且懷裡還抱著雲綺。

「三爺，夫人起來了，屋裡請。」小翠恭敬地道。

洛千雪聽到曹雲鵬來了，也沒移動半分，不過聽到小女兒喊娘的聲音，她可就坐不住了。

「雲綺！」

「娘！」小丫頭撲上前，眼眶含淚。「娘，我害怕，她們說家裡有病人，以後會死人，我們該怎麼辦，我不想成為沒娘的孩子……」

小丫頭越說越委屈，昨天晚上她那裡的人都在偷偷議論這事呢，一個個都怕得要死，哪裡還顧得上雲綺這個正頭的小主子。

洛千雪抱著小女兒在懷裡輕輕哄著。「不怕，娘在妳身邊，雲綺是娘的乖寶寶……」女人輕聲細語的低喃讓曹雲鵬有種在作夢的錯覺，以前大女兒出世的時候，妻子就是這麼溫柔地哄著孩子，雖然一家人日子過得平淡，卻是他這輩子最舒心的一段時光。

想到後來，他不由得搖搖頭。一步錯，步步錯，他也不知道為什麼會變成今天這副模樣。

這麼美好的場景他很不想去打破，不過想到兒子和閨女的消息，他不得不走上前開口。

「千雪，告訴妳一個好消息，我找到雲綺和雲崢他們了，他們都沒死，都活得好好的！」

洛千雪吃了一驚，她記得孩子上回過來時還說暫時不認曹家的人，這中間究竟出了什麼問題？

「孩子在哪裡？」她抬起一雙美目，抓著曹雲鵬的手，差點讓他失了心神。

曹雲鵬的手被抓疼了，可他的心卻是甜的，柔聲道：「千雪，妳別著急，孩子都好好的，也是我們父女有緣分……」他簡單說了跟孩子相遇的過程。

小翠在一旁聽著，驚喜交加，她是盼著小姐趕緊過來，畢竟她一個人守在這裡可真的有些力不從心，尤其是這個時候，雖然小姐送來了藥，可她擔心一旦有個萬一，她怎麼跟姊弟倆交代？

洛千雪知道孩子逃過了瘟疫，情緒稍微緩和了下來。「我要見孩子。」

「千雪，妳別著急，妳也知道現在家裡比較亂，且外面瘟疫橫行，出去和進來都有一定的危險，等回頭我再想想辦法。」曹雲鵬也在觀察這個前妻，他怎麼看都覺得洛千雪的病不像之前那樣了。「千雪，妳的病好了？」

還沒等洛千雪開口，小翠就先解釋。「回老爺，夫人的病已經比之前好太多了，估計是安老大夫的藥起了作用，就是她這身體底子不好，加上上次的事，一直就沒調理好。」

洛千雪在一旁慢條斯理地道：「其實我就是病了而已。中鵬，孩子的事你就多費點心，不能讓他們再出任何的差錯，我再也禁受不起那樣的打擊了。」

說完，洛千雪就專心抱著雲綺，也不跟曹雲鵬多說一個字。

不過曹雲鵬的心卻是酸甜交加，千雪還是喊他以前的名字，她是不是還記得當初他們曾經擁有過的美好日子？

可惜現在他已對不起千雪，也對不起孩子，有的時候他都覺得對不起自己，什麼事情都是身不由己。

外面還有一大攤子事，曹雲鵬是真的不能在家裡多待了，只是他回屋換衣服時，就看到自家娘親來了。

「娘，您怎麼來了？」

老太太嘆了口氣。「你媳婦也跟著他們走了，說是她娘生病了，捎信過來讓她回去看看。唉，娘現在怎麼想都覺得這個兒媳婦娶得不理想呢。什麼她娘生病了？那就是她娘家的一個藉口！還不是擔心這個女兒出什麼問題，藉口接出去躲瘟疫罷了。」

曹雲鵬一怔，又若無其事的繼續穿衣服。「娘，她愛去就去吧，家裡多她一個或少她一個都無所謂，反正事情已經到這個地步，說多了也沒用。等著吧，等兒子擺脫了他們家的箝制，以後您老也不用跟著擔心了。」

老太太期期艾艾地道：「還不至於像你說的那樣，畢竟夫妻一場，連孩子都有了，以後穩穩當當的過就好，至於淑玉這個人，還是慢慢來吧，雖說是個庶女，可好歹也是官家小姐，在某些方面還是比普通的商戶女子要強一些。」

對母親說的這些話，曹雲鵬不置可否。「娘，這事我心裡有數，您好好的在家裡待著，我看看能不能安排讓千雪他們母子幾個見一面。」

「行了，家裡還有娘呢，你就去好好做事，這事要是辦好了，說不定朝廷會獎賞你的。」

曹雲鵬苦笑了一聲。「就這瘟疫，我是沒多少辦法，如果水瑤這孩子給的藥方好用，那還真的保不齊能立一個大功呢！畢竟這疫情可不只咱們這地方有。」

曹雲鵬出了門，先派人去找拿了回春堂藥方的人家，看看有沒有問題，接著又跟其他家的進行比較，這不比不知道，調查完了，連他自己都不得不驚訝。

他閨女也太有本事了！據說病人吃了這藥後，身體已經在慢慢地恢復了，至於其他地方開出來的藥方，可以說是根本就不對症，起不了多大的作用，這就讓曹雲鵬更加的有信心了。

「大人，藥方是正確的，可是目前各家庫存的這些藥材根本就不夠，要想徹底控制疫情，我們還得想辦法調藥過來。」屬下道。

曹雲鵬找來安老大夫。「安老，你也知道一時半會兒還沒辦法把藥調過來，可病人日益增加，咱們也不能眼睜睜的看著老百姓生病沒藥醫治，你老經驗豐富，看看能不能用其他藥物替代，怎麼也得讓大夥兒堅持到藥材調過來的那一天。」

安老大夫何嘗沒想過這個問題？之前他也跟水瑤商量過，藥效卻相差許多，不過知府大人說的也不是沒道理，只要人活著，能堅持到藥材來了，那就有希望。

# 第四十章

安老大夫道：「既然您都開口了，我就給您寫下來，您再找其他同行幫著看一下，一人計短，兩人計長。」

曹雲鵬當然知道接下來該怎麼做，他找來一個口碑不錯的老大夫又重新探討了下，大家都一致認同安老大夫給的替代方子是最適合，也是他們這邊能夠提供的。

下一步就是讓手下張榜告示，不過這些事情不用曹雲鵬來操心，要是事事都讓他這個知府來做的話，那些手下就是白養了。

安排妥當後，他去見了水瑤，這地方是水瑤指定的，一來是想避開曹家那些人，另外見面說話也方便。

「爹，快屋裡坐。」

水瑤選的是在茶樓的包廂裡，往下就能看到街面上的情況。

「爹，我娘她們情況怎麼樣了，曹家這邊有生病的人嗎？」水瑤問。

她不是擔心曹家的人，而是擔心洛千雪等人，她娘身體弱，一旦曹家有人感染，即便吃藥也未必能抵禦疫病的侵擾。

當著自己閨女的面，曹雲鵬也沒什麼好隱瞞的，這孩子有千雪的容貌，也繼承了他的頭腦。

「還真的讓妳給說中，昨天晚上發現三個了，妳祖母說不能把人送出去，這樣曹家會落下不仁不義的名聲，可是家裡的人……」反正對面坐的是自己的孩子，曹雲鵬說話也沒什麼可藏著掖著，連帶把自己的情緒和觀點全都說了出來。

水瑤道：「唉，這人心隔肚皮，就算是親兄弟也得明算帳，我料想這些人平時心裡對祖母他們掌家多有怨言吧，這次難得團結起來一起反對，不過這事也難免，人人自危，趨利避害那是人之常情，離開就離開吧，以後心裡有數就行了，又不指望他們吃飯。」

曹雲鵬發覺自己還真的不大瞭解這個孩子，個頭不大，說起話來卻頭頭是道，連他這個當爹的都覺得被安慰了。

他苦笑了一聲。「其實爹也就發發牢騷而已，有時候爹也在想當年是不是做錯了？如果我不回去，咱們一家人是不是會好好的在一起生活了呢？」

水瑤看著曹雲鵬，臉上帶著得體的笑，不過說話委實不大客氣。「爹，這個世界上沒有如果，更沒有後悔藥可以吃，你沒盡到一個當父親的責任，這是毋庸置疑的。當然也許你是身不由己，但我要說的是，在身不由己的情況下，做人不能虧心，心沒了，就算成就再大，依然不會覺得快樂。現在你能做的就是儘量彌補。」

這番話簡直說到曹雲鵬的心坎裡，以前他沒想過自己會有今天，如今爬到知府這位置，他依然感覺不到快樂，究竟是為什麼？這不是他想要的生活嗎？既然已經得到了，為什麼還是覺得遺憾呢？

原來閨女說的才是所有的癥結所在。他長嘆一聲。「好孩子，一切的事都是因為爹引起的，我和妳娘的事想必妳也聽說了，我不說假話，這不是我的初心，可是我已經無法選擇了，若真論起來，是我對不起妳娘。」

曹雲鵬今天終於吐出了心裡話，他也明白照閨女的聰明程度，不可能對曹家的事一無所知，只要用心去打聽，肯定多少也知道齊淑玉現在的身分，那他還不如先老實交代，得到孩子的諒解。

水瑤似笑非笑的看著他。「爹，按理說我身為孩子，不該插手你和娘的事，可是你們兩個已經不單單是在不在一起的問題了，這後續牽扯的太多，我和弟弟、妹妹以後將會以何種身分回曹家，又在曹家如何自處？你們大人光想著自己的利益，誰為我們考慮過了？罷了，現在說什麼都晚了，我現在只問你一個問題，我娘在你心裡，是否還是一如從前？」

曹雲鵬作夢都沒想到水瑤會問出這麼一個讓他難堪的問題，他苦笑道：「妳這孩子，我跟妳娘可是少年夫妻，感情自然不必說，沒人能夠取代。這個答案妳滿意了？」

水瑤輕嘆一口氣，點點頭。

曹雲鵬正色道：「對了，水瑤，妳娘想見妳，妳看怎麼安排比較適合？」

水瑤想了想後道：「要不這樣，明天你送我娘他們到回春堂，我在那裡見他們，畢竟當初追殺我們的人還沒找到，還是謹慎一點好。」

父女倆又說了一會兒話，曹雲鵬起身想離開，水瑤背對著他，慢悠悠問了一句。「爹，你那個齊姨娘就那麼好嗎？好到讓你不惜拋棄我娘？若讓你再選擇一次，你還會這麼做嗎？」

曹雲鵬頓時一怔，腳步有些虛浮，聲音也有些縹緲。

「傻孩子，如果再讓我重新選擇一次，我不想要今天這樣的生活，累，也難。」

說完，他推開門大步流星走了出去，身邊的護衛也跟著離開。

水瑤望著下方街上的人群，沒人知道此刻她在想些什麼。

剛想離開，她就看到樓下走來一個年輕女子，後面跟著的竟然是乞丐兄弟。她眼睛微瞇，看著那個女人走進茶樓。

她之前在徐五那裡見過這位乞丐兄弟，她可不會天真地認為他會無緣無故跟蹤一名年輕女子，她總覺得這個女人跟曹家有關係。

透過門縫，就見那個女人上了二樓，乞丐兄弟也大搖大擺的跟過來，不過卻坐在樓梯一側靠窗戶的座位上。

起初夥計還以為這人是過來搗亂的，不過一看到他拿出銀子要茶點，這才樂顛顛的送東西上來。

水瑤看到那女人進入隔壁屋子，也不跟乞丐兄弟打招呼，而是先坐回原位，貼著牆壁、屏住呼吸，想聽聽隔壁究竟在說什麼。

「表哥，你怎麼好久都沒動靜了，上次的事情你們辦得可不怎麼好啊，幕後金主很是惱火。」

「惱火？她有什麼可惱火的？我們該做的都做了，只是他們運氣好，命大，我也沒辦法，為這事我們也折損了好幾個兄弟呢。話說妳這回找我來有什麼事？」

隔壁傳來的男子特有的嗓音，讓水瑤聽了不由心頭一震。她到死都不會忘記這個聲音，和那個她落崖後聽到的男人嗓聲一模一樣。

「非得有事才能找你？我就不能想你、見見你啊？」女人的語氣含著撒嬌。

「呵呵，妳啊，一點都沒變，真夠頑皮的，我現在很忙，要是沒事的話，我可就要走了。」男人聲音裡帶著笑意。

「別走啊，剛才就是逗逗你的，沒事我會隨便找你來嗎？這次金主的意思是說能不能幫忙……」

接下來的聲音細如蚊蚋，水瑤就算貼著牆壁使勁地聽，都聽不到對方在說什麼。

既然聽不到，她索性推開門，朝那個乞丐兄弟招招手。

那人看到水瑤，眼睛一亮，走了過來。

水瑤一把將他拉進來。「這女人是曹家的人？」

乞丐兄弟道：「我看到她從曹家出來，所以才跟過來的，但我不知道她是誰。」

水瑤點頭。「等他們出來，你就盯緊那個男的。小心，他的功夫很好，不要讓他發現你。」

安排好後，水瑤就在屋裡繼續偷聽，後面沒什麼特別機密的消息，就是兩個人在談條件。

後來兩人敲定了四千五百兩銀子後，女子便推了門出去，水瑤也不敢立刻就跟上去，看到那女人下了樓，她才留下銀子跑了出去。

那女人佯裝沒事一樣東走西逛，水瑤也不知道對方究竟何意，難不成發現自己被跟蹤了？

如果是這樣，那這女人可不容小覷，一個下人尚且這麼警覺，她的主子就更不好對付了。

她現在覺得曹家就像是一本書，越是翻到後面，謎團就越多，讓她忍不住想探究到底。

雖然現在瘟疫橫行，可出來買賣東西的人依然不會少，當然大家都做好防護措施。水瑤沿路跟著，見那女人轉了個彎，來到一家小飯館。

水瑤沒敢跟著進去，她一個半大的孩子肯定會引起人家的注意，誰知一轉眼再往裡看，那女人竟然不見了，她心裡頓時一慌，趕緊走進去。

「夥計，剛才我姊姊進來買東西，怎麼沒看到她出來？」

夥計還挺納悶的。「妳姊？她剛才從後門出去了，妳快跟出去看看，說不定還能找到她呢！」

水瑤趕緊順著他指的方向追了出去，可到了街上，哪裡還有那女人的影子？她不禁心中挫敗，找到徐五，把之前的事跟他說了一遍。

「妳遇到那個追殺你們的人？」

水瑤一聳肩。「可不是，就因為這樣，我才跟乞丐兄弟交換跟蹤，誰知最後把那女人跟丟了，我懷疑男人那頭也是差不多的情況。」

徐五也顧不上忙了，領著水瑤先到店裡，待兩人坐下後，他才詳細詢問經過。

「……妳說這兩個人在做交易？」

水瑤點點頭。「雖然我沒聽到是什麼內容，不過我懷疑還是跟曹家有關係，總之對象不是我娘就是我爹，否則那家裡還有什麼人值得他們花那麼多的銀子僱殺手？」

徐五面帶思索。「那可未必，上次妳說妳娘房裡也闖了人，可對方也沒採取什麼行動。這事妳可以跟妳那個爹商量一下……他這個人可靠嗎？」

水瑤點點頭。「應該可以，至少他還沒到喪盡良心的地步。這事刻不容緩，我得趕緊去通知他，你也讓咱們的內線打聽一下，看曹家有沒有這麼一個女人。」

她簡單地描述了下女人的容貌，兩個人便分頭行動。

水瑤想找曹雲鵬，卻不能親自到衙門，只能讓李大送信過去。

曹雲鵬接到信後，回家就立刻跟老太太商量。

「你說水瑤這孩子給你送了這封信？」老太太問。

曹雲鵬點頭。「是，娘，您說究竟有什麼人要對曹家下手？曹家這麼多人，又會對誰下手？」

這事老太太也琢磨不透。

「老三，吩咐家裡的護院做好防備，另外你再調一些人過來，要秘密進行，不能讓其他人知道。我想想……就說是要清理咱們家人工湖裡的淤泥吧，讓這些人白天做做樣子，晚上負責守護。」

老太太頓了頓。「不過娘這心裡怎麼感覺不踏實呢，那些人不會是衝著我來的吧？你爹現在也不在家，你去找你二哥商量一下，給我這裡多配兩個人。」

老太太也說不上來，就是直覺事情不大妙。

曹雲鵬不可置信地瞪大眼睛。「不會吧，娘，您都這麼大年紀了，他們沒道理針對您啊，要說針對我還說得過去，畢竟我是當官的，現在又瘟疫橫行，有人心裡不舒服也在所難免，可是衝著您……我實在想不通。」

老太太嘆口氣。「不管怎樣，咱們都得做好防備，尤其是家裡這些人，每個人都守著各自的院子，不能隨便走動。至於水瑤提到的那個女人，你讓護院們暗中查探一下。」

「娘，您別擔心，我先去找二哥商量，有我們在，肯定不會讓您出事的。」曹雲鵬安撫道。

在曹雲傑面前，他當然不會說是自己閨女告訴他的。

「哦？有人要對咱們家不利？難不成是大哥在外面做生意發生了糾紛？按理說不會啊，這麼多年，我還是相信大哥這點的，可若不是這個原因，那又是為了什麼？」

# 第四十一章

曹雲鵬苦笑了一聲。「二哥，咱娘都想不出來，你也別白費那個腦筋。家裡可就剩咱們哥兒倆了，其他的咱們也指望不上，老四蔫不出溜的，老五就更別說了，跟咱爹出去就沒影了，再說他在這個家也沒住多久，指望他還不如指望你想辦法保護呢！」

曹雲傑長嘆一口氣。「我說三弟，你可真看得起你哥哥，我這人在大夥兒心裡就是個無用之人，就衝你說的這話，今天這事我管定了。」

曹雲鵬見二哥言之鑿鑿，臉上不由露出疑惑的表情。

一旁坐著的柴秋桐見狀，笑道：「今天要是別人找你二哥，我們還得尋思一下，可對方是你，這事就沒什麼可含糊。從我娘家那兒弄些人來幫忙，那還綽綽有餘，我明天就讓人回去要人，你們兩個先商量商量。」

曹雲鵬笑著點頭。「那就麻煩二嫂了。」

水瑤不知道曹家要怎麼佈置，她只知道跟蹤那個男人的乞丐兄弟也是無功而返，誰教人家是騎馬來的，他這兩條腿除非長了翅膀，要不然怎麼跟人家比。

徐五皺著眉頭看著水瑤。「這事有些難辦，妳說後天就要封城了，問題是咱們還不知道那人行動的時間。」

水瑤坐在椅子上，手裡握著茶杯，慢悠悠道：「也未必，這女人會這麼著急去找那男人，恐怕也是因為曹家現在人不多，方便他們下手。如果我沒猜錯，恐怕就在這幾天！對了，你那邊有地方可以安置我娘他們嗎？明天我想暫時把我娘移出來，我已經在信上跟我爹說了這件事，只是可能需要用到你的人手，我這邊沒什麼人了。」

這事徐五不敢含糊。「我這邊有專門的院子，妳娘隨時都可以來，咱們的人手也是啥都有，不怕有人過來。妳放心吧，把伯母放在我這裡比放在妳那裡要安全得多。」

兩個人說了一會兒話後，徐五就先回去安排屋子的事，畢竟明天水瑤她娘和妹妹就要來了，總得讓人先整理一下。

晚上，曹雲鵬去見洛千雪時，並沒有驚動太多人。

老太太也知道孫女要帶洛千雪出去這件事，她料想曹家即將面臨更大的危機，留洛千雪在這裡也起不了多大的作用。如果對方是直奔洛千雪而來，如此還能把對方引到別處，如果是針對她或其他人，她也沒必要拉這個女人陪葬。

對流落在外那個孫女水瑤，兩人雖然未曾謀面，可光是她告訴他們這麼重要的消息，即便沒相認，在老太太的心裡已經對這孫女高看一眼了。

得知明天就能帶著小女兒去見大女兒，洛千雪的心情自然激動萬分。

一大清早，在小翠的掩護下，母女兩人坐上曹雲鵬的馬車，小翠則留下來，這是昨天晚上商量的結果。

馬車到了回春堂，就見到水瑤等在外頭。

其實水瑤已經等很久，畢竟馬上就要見到娘和妹妹，心裡的激動一時難以抑制，所以她很早就帶著李大在外面等。

「爹，你要跟我過去看看娘她們住的地方嗎？」水瑤見曹雲鵬從馬車上下來問道。

曹雲鵬苦笑。「照理說我該過去看看，不過我怕我過去會太顯眼。你們換馬車走，讓我的屬下跟你們一起過去，回頭再告訴我也一樣。」

「姊姊！」雲綺從馬車上下來，看到水瑤，樂得直撲她懷裡，哪還顧得上要跟爹分別？此刻在小姑娘眼裡，姊姊最重要。

看小女兒那模樣，曹雲鵬心裡有些酸酸的。唉，他這爹當得還不如大閨女來得重要呢！

曹雲鵬目送母子幾人離開，坐上李大趕的馬車，隨口問起女兒的情況。有些事情水瑤並沒有跟他說，他還尋思能不能從李大的口裡套出一點。

「唉，老爺，您也太看得起我了，我不過是得了小姐的幫忙，才會跟在她身邊幫著照顧一二，至於其他的事，我一個外人，還是個大男人，哪裡知道那麼多？您要是想知道，不如直接問小姐吧。」李大道。

曹雲鵬看了李大一眼，心裡多少有些驚訝，有多少老百姓看到他這個知府老爺嚇得腿都打顫，可眼前這人穿著並不起眼，說話和氣度卻不一般，讓他對自己的女兒又多了一分好奇。

當然，他也清楚想從這人嘴裡打聽到消息是不大可能，所以他也聰明的閉上嘴。

水瑤可不知道李大和曹雲鵬還有這一齣，她好不容易跟母親和妹妹團聚，巴不得趕快帶她們到住的地方。

「娘，這邊我都安排好了，妳和妹妹就在這裡住下。老太太那頭，爹都已經說好，最近曹家有些不太平靜，我能想到的就是先接妳們出來住，其他事情還有我呢。」

洛千雪嘆了口氣。「要是以後能天天這樣，就算吃糠嚥菜我都覺得開心。」

婚姻失敗讓她對生活幾乎失去信心，要不是還牽掛這個小的，她恐怕早就去了，只是老天爺真的跟她開了一個玩笑，失去的一雙兒女又回來了，現在她又帶著女兒一起出來，對外面的生活也充滿了期待和幻想。

「姊，我什麼時候能見到哥哥？」雲綺很想見雲崢。

「快了，等瘟疫結束後，我和雲崢就到曹家去，以後咱們天天都能見面。」這時候可不能讓弟弟來蹚這趟渾水，如今那邊有馬鵬在，她也能放心一些。

徐五忙活完，也過來給洛千雪見禮。

到了晚上，外面的人通報說江子俊來了。

水瑤不禁疑惑。「都要封城了，他這個時候過來幹麼？快讓他進來。」

看到江子俊的第一眼，水瑤差點沒認出他來。「瞧你這一身風塵，難道出事了？」

江子俊看著水瑤和徐五，眉頭一直沒鬆開。「我在附近查探，後來跟著人進城裡後就跟丟了，所以也只能問安老你們在哪兒，想說過來找個地方住。妳呢？還好吧？」

「呵，放心吧，我好著呢，我把我娘和妹妹都接出來了。對了，你說你們跟蹤的人往城裡來了？這事怎麼聽都覺得蹊蹺，現在城裡是什麼情況，外面的人又不是不知道，他們就不怕感染時疫？」

江子俊苦笑了一聲。「妳爹都把藥方貼出來了，他們怎麼還會怕？不過這事我也覺得蹊蹺，所以過來也是想順便跟你們討個主意。」

徐五一拍手。「得，我們也剛好想找你商量呢，既然你來了，兩件事一起討論吧！其實現在我都懷疑這些人是不是跟曹家有關係，要不怎麼來得這麼突然，我都沒想到你會趕在這個時候過來。」

水瑤簡單將情況說了一下。「……這事你和徐五兩個討論一下，我得先去照顧我娘和妹妹了，你們也別熬得太晚，如果真是一夥的，咱們正好可以一網打盡。」

晚上水瑤就住在這裡陪伴娘和妹妹。

「姊，我要跟妳一起睡！」

水瑤估計小丫頭換了地方睡不著，所以陪她睡的時候就問起在曹家的生活情形。

聽說曹家二伯夫妻倆對雲綺不錯，連帶二伯家的孩子都挺照顧她，這讓水瑤很驚奇，看來曹雲傑夫妻倆還算是不錯的人。

「曹家不是有個三姨奶奶嗎？她現在怎麼樣了，怎麼沒聽妳說過？」

雲綺嘆口氣。「我們平時根本就見不到三姨奶奶，都是她的丫鬟過來送東西。不過這次她跟祖父一起出去，說是去照顧五叔叔，這個我也是聽人說的……」

見小丫頭開始犯睏，水瑤不再追問。

看來這個祖父對三姨奶奶還真的挺重視，連出去辦事都帶著這個姨娘，估計老太太那頭也拿這個女人沒辦法。

在她睡著之後，徐五突然收到一封來自曹家內宅的消息。

原來是上次那個女人找到了，她是曹家三老太爺兒子奶娘家的外甥女，有空的時候對方就會到曹府去看那個奶娘。

看到這個消息，江子俊陷入了沈思。「不對，你們不是說曹家三老太爺要留在曹家跟大房的人共進退，如果是他指使的，他有什麼好處？沒有好處的事情誰會做？」

徐五也是一臉疑惑。「你說的對。可為什麼這個女人要找人對付曹家？如果幕後主使者不是三房的人，難不成是其他幾房的？」

江子俊搖搖頭。「這事我也不清楚，既然知道那個女人是誰，派人弄來一問不就明白了？」

第二天一早徐五就出去辦事，水瑤親自下廚做飯給娘和妹妹吃，當然江子俊這傢伙也跟著蹭一頓飯。

「娘，這位是江子俊，以前我在鄉下認識的，我就是跟他一起找到弟弟。」洛千雪和雲綺昨天沒見到江子俊，於是水瑤替他們介紹。

看到江子俊，洛千雪的臉上露出感激的神色，跟江子俊聊了兩句之後，就沒怎麼開口了。

江子俊也知道水瑤的娘生病了，對此並不介意，倒是雲綺對這位好看的哥哥挺感興趣的，一聽說江子俊是從城外來的，便拉著他問東問西，當然最主要的目的是問他能不能帶她去找哥哥。

江子俊笑著點點她的小鼻頭。「那可不行，現在外面太亂了，哥哥要是帶妳去，妳姊姊肯定不會放心，妳就在家裡等著，等外面太平一點，雲崢就會回來的。」

提到兒子，洛千雪的心不由一動。「水瑤，雲崢還好吧？」

她現在最怕孩子再出事，見不到雲崢，她總會擔心閨女是不是有什麼事瞞著她。

水瑤把藥遞過去。「娘，我什麼時候說話不算話了？我是擔心雲崢留在城裡不安全才送他出去的，我身邊的人都跟過去照顧他了。」

兒子沒事，洛千雪也不再追問，聞著苦澀的藥湯，連眉頭都沒皺便一飲而盡。

江子俊不禁暗自感嘆，曹家還真是個大麻煩，好好的一個人進去都變成這副模樣了。

「娘，妳帶雲綺出去曬曬太陽吧，老在屋裡悶著也難受，這裡的院子雖然不大，但是比曹家舒服多了。」

洛千雪也想出去，所以水瑤一提議，她沒猶豫就答應了。

看著娘在後院裡散步，水瑤不由感嘆一句。「真希望日子永遠都這樣。對了，你那頭查得怎麼樣？你爺爺準備什麼時候出手？」

江子俊一邊看著洛千雪她們的背影，一邊搖搖頭。「我爺爺比咱們謹慎，沒有十足的把握，他不會放出消息的。」

水瑤皺著眉頭，突然沒頭沒尾的說一句。「子俊哥，你說……如果我們想辦法放出消息，就說前朝的寶藏有下落了，你說江湖上的人是不是會蜂擁而至，讓他們互相廝殺，對我們是否有利？」

江子俊驚訝地看著水瑤。「妳知道藏寶的地方？」

水瑤失笑。「我說大哥，我這是假設，這件事不是連說書的都在說嗎，咱們就給它推波助瀾一下，省得挨個兒查費勁。」

「這辦法不錯，只是這樣的話，妳就等於把自己放到明面上了，但咱們還沒能力應對，會不會把咱們自己給斷送了？」

水瑤頓時沈默，心裡著急，卻有種無處下手的感覺。

江子俊望著遠處的天空。「別急，他們這麼做肯定存著目的，在目的沒達成之前，他們不會輕易把人怎麼樣。剛才妳也說過寶藏的事情，我現在懷疑這些人的所作所為全是跟寶藏有關係。」

水瑤嚇了一跳，回想之前看到那書裡的內容，再看看江子俊，一臉狐疑。「你們家……難不成是當年參與藏寶的人？」

江子俊沒想到水瑤會是這樣一個反應，有些出乎他的意料。「妳知道這事？」面對自己的合作夥伴和朋友，水瑤不打算瞞著，江子俊會在這時候說出這樣的話，恐怕江家也有問題。

她一臉正色，迎向江子俊打量的眼神。「外面的傳聞並非是空穴來風，我想問，你們家遭受如此大禍，是不是跟這批寶藏有關係？」

既然話已經挑明，江子俊也不打算在水瑤面前藏著，想眼前這丫頭知道的也不少。反正他們家已經被對方盯上，再多一個人知道也無所謂。

「妳跟我進屋，小心隔牆有耳。你們幾個在外面守著。」他吩咐自己的護衛守在門外，跟水瑤一起進入屋裡。

江子俊說的事情跟水瑤在書上看到的差不多。

「……所以我們家現在是首當其衝，我們也不清楚對方是怎麼知道這個消息的，我現在懷疑跟著一起藏寶的後人裡有人出現異心，根本就沒想等著前朝後裔過來尋寶，就想占為己有。水瑤，妳能告訴我，你們外家是不是？」

水瑤搖搖頭。「這事我真的不知道。關於寶藏的事，我之所以知道一些，除了傳聞之外，是我曾經在一本書上看到一些內容，但我有一點不大明白，那上面可沒有『江』姓啊，你們家怎麼會……」

江子俊苦笑了一聲。「這東西可以改啊，我們家也是後來才改的，像我奶奶姓江，我就是隨我奶奶姓的，如此可以逃避追殺。其他我就不是很清楚了，想必我爺爺應該知道得更詳細點。」

# 第四十二章

水瑤追問道：「你是不是懷疑我外公家也是其中一員？」

江子俊臉色凝重的點頭。「這也是我的猜測。如果是，那就能解釋為何妳舅舅也被他們抓去，可惜真相妳也不清楚，妳娘又這樣……唉，恐怕也只有問妳舅舅才知道。」

水瑤的心咯噔一下，她雖不清楚洛家是不是，但洛家祖上傳下來的這個寶貝可不簡單，她現在也開始懷疑洛家祖上的身分了。

想到這，她不禁疑惑。「這事應該挺保密的，可你們家都改名換姓，怎麼還會被人查出來？」

江子俊搖搖頭。「這事就不好說了，雖說改姓了，但我們還在祖地。這中間肯定出現了問題，或許當年有人知道彼此的資訊，也留了心，也不能說他當初就存有異心，或許只是巧合吧，然後到這代他的子孫才動手。不過這些都是我的猜測，恐怕只有問當事人才能明瞭。」

水瑤仔細回憶上一世的記憶，興許是她孤陋寡聞，這寶藏的事她還真的不清楚，就更無從得知與之相關的消息了。

「那我們該怎麼辦，難不成真要等那傳說中的主子出現？」

江子俊搖頭。「目前境況不明，也無法確定，反正我們家可沒有獨佔這寶藏的打算，是誰的就該給誰，留著也是禍害，有本事那就自己去掙，花別人的銀子我心裡不踏實，我們家的人估計也是這麼想的。只是等了這麼多年，財寶的主人沒等來，卻等來了殺身之禍，唉！」

水瑤也感慨。「你說前朝的開國皇帝也真是的，真有那麼一天那也是氣數盡了，留點銀子給子孫生活就好，要那麼多銀子幹啥，那都是禍事。這下倒好，別說是江山，估計連這些守護財寶的人都保不住，就更別說找了。」

江子俊也有同感，只是發牢騷也沒用。「現在我也不清楚他們還知道幾家和藏寶有關的人，如果都查到那可就不妙，如果可以的話，我真想跟那幾家聯手，至少大家可以互相幫助。」

這事水瑤也不好說。「你看你們家都改名換姓，其他家恐怕也這麼做，這也是為了自保，估計你們家祖宗即便知道有幾個人，恐怕現在也難以找到吧，這都多少年了，我都怕那些財寶爛在地裡了。」

江子俊笑道：「爛倒不至於，要不然怎麼叫金銀財寶呢？」

兩人又聊了一會兒，江子俊出去做事，水瑤則留在這裡陪著娘親。

洛千雪離開曹家後，精神放鬆不少，雖然話不多，卻讓水瑤感覺暖暖的，好像看到以前娘沒生病時的眼神。

她陪雲綺認了半天的字，到了晚飯時間，江子俊和徐五兩個人都沒回來，就連那些手下都少了一大半。

「姊，我怎麼感覺家裡的人變少了呢？」雖說雲綺年紀小，這孩子可敏感的很。

水瑤搖搖頭。「姊也不清楚，估計是到曹家那邊去了，沒事，咱們先吃。」

這次徐五親自帶人守在曹家附近，他得想辦法幫水瑤找出那個幕後凶手，否則他們就算回到曹家，依然防不勝防。

果然不出他所料，半夜時分，曹家那邊就傳來打殺聲。

徐五趕緊帶人過去，可他沒想進去幫忙，只想在敵人逃走時逮著一個就算完事。

「嘖嘖，這裡面可真夠熱鬧的，你聽聽。」徐五的手下笑道。

徐五搖搖頭。「都打起精神，儘量別讓自己受傷，我們的目的是捉到一個就撤。」

院子裡，在護院的保護下，曹家老太太帶著兒子和兒媳婦目不轉睛地關注院中的情形，雖然她面上保持鎮定，可那一雙驚恐的眼睛還是出賣了她的內心。

沒想到事情還真如水瑤說的，而且對方的目標竟然是她！不知是誰那麼大的膽子竟然找人來暗害她？

尤其看到對方派了這麼多身手不凡的刺客，她不禁有些後怕，如果她沒了，誰是最大的受益者？

老太太覺得其他幾房都有可能，或許那個平時不吭聲的三姨娘也免不了，被她壓制了這麼多年，或許她忍不住了？可這些都只是她的猜測。

「娘，我扶您回屋吧？」柴秋桐都能感覺到老太太的身子在發抖。

她不禁有些慶幸家裡的孩子都送走了，此時更不免想到齊淑玉，這個死婆娘一到關鍵時候就不在家。

龔玉芬哆哆嗦嗦地跟著勸道：「娘，沒什麼好看的，我們回去吧。」

老太太搖搖頭。「不，雖說我們是女人，可身為曹家的媳婦，不能連看的膽子都沒有，否則以後還怎麼去幫著管理生意、管理下人？妳們也都看著，曹家還指望你們呢！」

好在柴秋桐夫妻倆調來的人多，另外曹雲鵬又借了一些高人，院中的那些黑衣人看久攻不下，一陣哨聲響起，院子裡頓時飄起煙霧，這些人留下同伴的屍體，趁著煙霧瀰漫快速逃離現場。

守在外面的還有曹雲鵬的人，雙方又打鬥了一番，不過這些人可不是黑衣人的對手，徐五便瞅準機會一網兜住一個黑衣人，將一把藥粉撒了過去。

對方終於失去抵抗的能力，他趕緊讓手下揹著網兜裡的黑衣人迅速撤離。

只是徐五沒想到那些逃走的黑衣人竟然發現了他們，一支袖箭就這麼毫無聲息地朝他們揹著的黑衣人飛射過來，噗的一聲刺進對方的胸口，等徐五他們跑到安全的地方一瞧，這人已經死透了。

「他娘的，對方竟然連個活口都不留？讓我看看這些都是什麼人。」徐五上下搜查了一番，只發現一面黑色的牌子，上面寫著一個「丙」。

「這到底是什麼，弄得這麼神秘？」手下不禁疑惑。

大家雖然都不明白，卻知道這死人不能留，徐五吩咐人把屍體處理乾淨，便帶著人回到水瑤那邊。

原以為水瑤已經睡著，誰知屋子裡竟然還亮著燭火。

「老大，看來水瑤小姐一直都在等你呢！」手下道。

徐五心中頓時一暖。

水瑤聽到動靜走出來，看到院子裡的人，嘆了口氣。「我就猜你們會過去。得，有什麼事回頭再說，我讓人準備了宵夜，大夥兒都吃一點再去休息，今天都辛苦了。」

這幫兄弟看到水瑤如此善解人意，全都笑嘻嘻地道：「謝謝水瑤小姐，我們的肚子這下還真的餓了呢。」

水瑤親自將徐五的那份端到屋裡，徐五一邊吃，一邊跟她說了大致的情況。

「妳看就這麼一塊牌子，根本無法追查對方的身分。」

水瑤看了一眼，也不明白。「那江子俊呢，他去哪裡了？晚上他也沒回來。」

徐五頓了一下。「估計是在暗處躲著，就等著追查這些人。妳不用擔心他，他手下也有人，還比咱們的人厲害呢。話說今天我派人去找了那個女的，他娘的，竟然給我玩失蹤，以後就別讓老子抓到她！」

相較於徐五的憤憤不平，水瑤顯得平靜多了，她也沒敢奢望能一下子就查到幕後主謀，其實她已經有所懷疑，就差確實證據。

「沒事，只要她活著，總能找到的，而且曹家老太太也不是個善茬，你覺得她吃了這一次悶虧，會無動於衷？只要老太太插手，這事就容易多了。」

徐五冷哼一聲。「就妳那個奶奶？說心裡話我都覺得她是個糊塗蛋，好好的媳婦不要，偏偏找了那個狐狸精。她有啥好的？一到危險關頭就躲起來，讓這樣的女人做媳婦，妳那個好爹前世估計也沒做啥好事。」

水瑤噗哧一聲笑了。「以後若有機會，真該讓你到老太太跟前好好說說她。其實別說是你，連我都替我娘抱屈，不過這事咱們心裡有數就行啦！」

第二天一早，宣佈開始封城，江子俊沒回來，只讓人送信回來，上頭說他很好，讓水瑤放心，也沒再說其他的。

「這個人也真是的，怎麼就不能多寫幾個字呢！」水瑤不禁怨道。

另一頭，正被水瑤唸叨的江子俊此刻正像隻無頭蒼蠅般在密林裡穿梭，昨天晚上跟蹤的人進入山裡就沒了蹤跡，因為天色晚，他不敢冒險，這不徹底失去了敵人的線索？

「少爺，你看，這裡有一條路。」

路不寬，屬於山間的羊腸小徑，可也不妨礙騎馬跑車。

「你們幾個騎馬過去看看，我帶人在這裡搜搜。」

山林那麼大，就他們幾個人根本很難找到什麼，其實江子俊心裡也沒抱太大的希望。他到山頂上往下一瞧，前面是一個漁村，漁村還有一條通往外頭的路，他遠遠看見他的人已經到達漁村那邊。

「下山吧，咱們過去瞧瞧。」

正如他所料，漁村裡根本沒發現昨晚那些人，村民也不知道這些人是否來過。

「少爺，恐怕他們是從這裡逃走了。」屬下道。

江子俊望向茫茫大海，再看看出村的路，只能先帶人離開。

昨天晚上逃走的那些黑衣人，此刻正被人罰跪著。

「混帳東西，誰允許你們這麼幹的？祁海，你膽子越來越大了，這事主子不追究則罷，要是主子責罰起來，也別怨我不幫你。這麼多年了，難道你不知道什麼事情該做、什麼事情不該做？不但損失了好幾名弟兄，還差點把我們的基地給暴露了，你啊，就是有十條命都不夠主子殺。以後你就給我乖乖的待在這裡，沒有我的允許，誰也不准擅自離開。對了，銀子呢？」

祁海乖乖地把銀票遞給他的頭子。「左護法，我們也沒想到啊，我還尋思帶著弟兄掙幾個零花錢，誰想到會出現這樣的情況……」

男人瞪了他一眼。「記住，既然加入這個組織，你就老實聽話，不然後果可不是你們能想像的。我再問一句，真的沒留下活口？」

祁海搖搖頭。「沒，都死了，被抓去的人也讓我一箭射死，肯定沒留活口。」

男人跺跺腳，他得趕緊跟上頭彙報這件事，別因為祁海他們的愚蠢，帶來不可估量的後果。

想到將要承受的責罰，祁海幾人不覺害怕起來。組織對待要拋棄的人，永遠不會手軟，如果上面一個不高興，他帶出去的這些人都得遭殃。

「左護法，這次是我們魯莽了，下一次我們肯定不敢了，拜託你去跟主子求個情，以後你讓我做什麼，我就做什麼。」

男人翻了個白眼。「現在才知道怕了？那做事情之前你們怎麼就不多想想？難道那銀子比命重要？上一次你也是這樣，總之這次我盡力吧。聽說今天主子過來視察，我去看看，你們等著。」

屋裡的主子根本沒露面，聽說祁海擅自帶人行動，只聽其聲，不見其人。「殺了，留著也是個禍害。」

一句話說得輕飄飄的，可聽在男人的耳裡，卻讓他不寒而慄。「主子，能不能念在他是初犯，饒了他們一命，祁海也是為了大夥兒好……」

「哼，這樣的人已經暴露了，留著做什麼，讓人追查到我們不成？這事沒有商量的餘地，你也去領二十大板，這也是你領導失誤才造成的。」

這情沒求成功，反倒把自己給搭進去了。男人回來後，怒氣沖沖。「來人，把祁海抓起來，主子吩咐直接處理掉，你們幾個也當引以為戒！」

祁海頓時傻住，他當然知道處理是什麼意思，明天他就不知道埋在哪裡了。

他剛想反抗，可惜對方比他還快，直接把刀架到他的脖子上。

「不想屍首分家的話就給我老實點，說不定我還會給你留個全屍。」陰惻惻的聲音響起。

對方已經點了他的穴位，即便祁海想反抗也沒辦法。

「把他帶下去。」

祁海頭一次感到後悔，他不應該加入這個組織，更不應該跟他們一起為非作歹，到頭來什麼好處都沒撈著不說，還落到如此下場。

# 第四十三章

另一頭曹雲鵬速度也快，在得知水瑤遞來的消息後，立刻就查到祁海這個人。因為三房那邊的奶娘還在，她不知道自家外甥女竟然會背著她幹出這樣的事，嚇得跪在地上磕頭不止。

三房的夫人魏氏就更加摸不著頭腦。「你說有人要刺殺大嫂？怎麼可能？」

對這位三嬸娘，曹雲鵬只是神色淡淡的。「可不可能不是妳說了算，要不然要官府有何用？把這個奶娘先給我看好了，以後有事說不定還要找她呢。」

曹雲鵬當然沒找到祁海，連祁海的爹娘都好久沒看到這個兒子了，不過他倒是派人秘密監視祁家，只要祁海還活著，早晚會過來見他的父母妻兒。

調查了一週也沒什麼結果，曹家哥兒倆只能到老太太這裡討主意。

「娘，您怎麼看？」

老太太瞇著眼睛坐在搖椅上晃著，半晌才開口。「一個字，等。我覺得那個幕後主使者早晚會急得跳出來，你想想，我一個老太太大門不出，二門不邁，就是想結仇也沒地方結，對方究竟目的何在？這主使者恐怕仍然在曹家，但咱們也不能因為懷疑就把這個家鬧得烏煙瘴氣，就更中敵人的奸計。雖說娘也看不上你那幾位嬸嬸的做法，可好歹他們是你爹的親手足。」

哥兩個互相看一眼，不是很明白。「娘，如果叔叔被人迷惑了，那我們豈不是養虎為患？」

老太太嘆口氣。「也不能這麼說，你們那個三叔平時大家誰都看不上，可那麼一無是處的一個人，卻能在關鍵時候守在這個家裡，可見他也不是沒有優點。娘跟你爹闖蕩了這麼多年，別的心得沒有，就只明白一點，一家人要齊心，不然再大的家業也會敗沒了。好了，老二，去把你四弟喊過來，就說我有事情找他。」

別說曹雲鵬，就連曹雲傑都吃一驚，兩個人都以為老太太在說胡話呢。

「娘，您找老四？」

老太太撩了一下眼皮。「怎麼，娘就不能找老四啊，好歹他也喊我一聲母親。雖然這人平時對誰都淡淡的，跟家裡的人也不怎麼來往，可在我的心裡，那也是一個好孩子。」

老太太對老四如此評價可出乎哥兒倆的意料，這個弟弟平時他們都很難見到，就連出事的時候這傢伙都沒回來呢。

「也不知道他回來了沒，我去看看。」曹雲傑道。

老太太笑著點頭。

曹雲鵬看老太太嘴巴有些乾，剛想喊人來伺候，卻讓老太太攔下了。

「什麼人都不如自己人來得方便，現在家裡情況特殊，有些事就連下人都不能讓他們知道，說不定哪個人就被人給暗地收買了呢。」

曹雲鵬心裡一驚，小心翼翼地問道：「娘，難不成妳身邊出了奸細？」

老太太搖搖頭。「這事不好說，防著點比被人賣了要好。你也是，別沒頭沒腦的，讀書是好事，可是讀傻了那就得不償失了。」

曹雲鵬無法理解老太太現在心裡是怎麼想的，總覺得今天他娘說的話和做的事都讓他始料未及。

老四在曹家就是類似三叔的存在，三叔是混，可老四這人在家裡就像是個隱形人。由於是庶出，加上也沒什麼特別出彩的地方，又沒有姨娘可以幫著出頭，就更讓人記不起這號人物了。

曹雲逸聽說老太太找他，二話不說就過來。「母親，您找我？」

老太太朝他招招手。「你外公那邊情況怎麼樣，都挺好的？」

曹雲逸嚴肅的臉上頓時帶出抹笑容。「嗯，多謝母親這麼多年一直暗中相幫，否則還不一定能堅持到我長大呢。」

曹雲傑和曹雲鵬一臉狐疑的看著娘親和四弟，這是怎麼一回事，怎麼娘跟四弟的外家還有聯絡？

曹雲逸看兩個哥哥的神色，自然明白他們心裡是怎麼想的。「二哥、三哥，有些事情不像表面上那樣，其實母親私底下對我很好，我姨娘的死也跟外界傳聞的不同，我姨娘是被其他人下藥害死，但這個人不是母親。其實我心裡有懷疑的人，只是沒證據。」

老太太拍拍庶子的胳膊。「這些事情就不用說了，娘找你來就是想讓你把生意發展到你大姊那邊去，有她照應，至少你的安全不會有問題。想必最近曹家發生的事你也知道了，恐怕已經有人盯上咱們家，你出去明面上是投奔，實際也是為了以後的退路著想，好保住曹家一點血脈。」

別說曹雲逸不明白，連曹家這親哥倆都搞不清楚這究竟是怎麼回事。「娘，事情何至於變成這樣？」

老太太苦笑了一聲。「就當我是杞人憂天吧，人都說狡兔三窟，老四在家裡不被關注，外界也沒幾個人知道曹家四爺，就讓外人以為是我這個當主母的容不下這個孩子，這樣他也能安全一些。」

母子四人坐下來重新討論往後的安排，曹雲逸才在老太太的授意下離開。

「娘，我怎麼有些糊塗了？」曹雲鵬疑惑。

老太太拍拍兩個兒子的胳膊。「你們這些男人心真夠粗的，我是曹家的老太太，他們連我都想動，你說以後還有什麼是不可能的？老三，給你爹寫信，讓他回來，這個老東西一天到晚的躲清靜，連帶那個女人也跟著享福，我可不痛快了，這家要是不安全了，她也得給我守著。」

「爹那邊恐怕很忙，這時候讓他回來，是不是不大妥當？」

老太太冷哼了一聲。「不就是建個書院，還用得著他親自在那裡守著？家裡都出這麼大的事，他身為一家之主還能不知道？你就照實跟他說。」

老太太心裡其實憋著一股氣，一個姨娘不在家裡守著，卻跟男人跑到外面去，不過這種乾醋她也不好意思跟兒子說。

曹雲傑畢竟年長一些，加上跟媳婦溝通不錯，這後宅的事不說精通，大概也能瞭解幾分，要不然他怎麼會沒娶妾呢，就是因為知道這其中的利害，才歇了這份心思。

想當年他娘是什麼情況，再看如今，他不禁感到慶幸，一個媳婦就挺好的，沒那麼多糟心事。

「娘，您也別想那麼多，免得氣壞自己的身子，您好好的活著，對某些人就是一種打擊了。」

這話老太太愛聽，笑呵呵的拍拍兒子的手。「我兒子的嘴巴就是甜，娘啊，就要好好的活著，看著我的重孫子一個個長大、娶妻、生子，讓某些人這輩子都無法出頭，一輩子都是姨娘的命。」

說到這裡，曹雲鵬苦笑了一聲。「娘，既然您不喜歡姨娘，幹麼還讓我們娶妾啊，早知道這樣我就不娶了。」

老太太一副理所應當的表情。「那不一樣，你們是我兒子，多多開枝散葉是好事，尤其是你，就那麼幾個孩子，好在這一次又要添丁了。」

曹雲傑笑著朝弟弟搖搖頭，這事跟老太太辯不過，兒子娶再多的妾她都認為是合理的，他爹多幾個老太太都不樂意，這思維他一直無法理解，好在自己堅持到底，不然看老三的情況，想想他都頭疼。

想起老四的事情，他還是謹慎地問：「娘，您就不擔心老四拿著銀子去胡作非為？」

老太太嘆口氣。「你們還是小瞧了這個弟弟，老四這人從小就聰明，不過那時候他被二姨娘養著，有一次我無意間路過，就看到二姨娘在屋子裡虐待這個孩子，你們也知道，我雖然不喜歡姨娘，可我還不至於虧待一個庶子，畢竟沒了娘的孩子還挺可憐的，那個時候看到雲逸跪在地上舔飯食，臉上雖然流著淚，可他就這麼忍著，一聲不吭，最後還是我進去才把他給解救出來。

「當然，那個一輩子沒生養的二姨娘最終也被發配到莊子上直到死。哼，那個女人也該死，因為我發現老四的身上到處都是傷痕，後來我派了一個嬤嬤專門照顧他，私下也讓人教了他許多東西。這些年老四在家裡刻意低調，這次他出去，也算是讓他盡情發揮才能的時候了。」

曹雲鵬好奇地追問。「那他姨娘是怎麼死的？」

老太太嘆了口氣。「這事我也納悶，一直就沒查出來，當初你爹很喜歡老四的姨娘，那女人也長得貌美如花，比三姨娘都漂亮，只是人比較老實，當初我也懷疑過是不是三姨娘幹的，可是一點證據都沒有。」

曹雲傑想起了這事，不過那時候他年紀不大，不大明白這其中的曲折。「看來老四的姨娘死得蹊蹺。」

老太太一攤手。「誰知道呢，或許是天妒紅顏吧！這事老四也知道，當初他外家的人也在現場，至於真相如何，恐怕只有那個背後之人說出來咱們才能知道。不過老四這事，你們兩個知道就行了，不必跟其他人說，你大哥和你爹也不用。行了，娘累了，你們都回去吧！」

話音剛落，龔玉芬的丫鬟就過來稟報，說是大夫人生病了，目前她們也不清楚是染上時疫還是其他原因。

老太太身子一晃，差點暈倒，幸好被曹雲傑扶住。「您沒事吧？」

老太太無力地擺擺手。「快去找大夫給你大嫂瞧瞧，可千萬別出事了。」

老太太心裡明白，當初是她堅持要留下來，否則這會兒兒媳婦都在別院裡躲著呢。現在大兒子不在家，媳婦就更不能出什麼意外，要不然她沒法跟兒子和孫子們交代。

曹雲鵬當然明白這其中的彎彎繞繞。「娘，別擔心，咱們家都有在喝藥，大嫂肯定不是疫病，我猜大概是晚上的事情嚇到她了，我這就找人去瞧瞧。」

老太太原本想去看看兒媳婦，無奈她現在也手腳發軟，渾身都不舒服，只能派身邊得力的丫鬟過去。

龔玉芬的確不是疫病，只是感冒加上驚嚇，這身體自然就不行了，老太太這頭也病倒了，跟龔玉芬的情況差不多，婆媳兩人也算是作個伴，只是兩個主管內宅的女人同時病倒，男人們也不懂怎麼管理，一時之間有些手忙腳亂。

三老太爺曹振坤便提議讓曹雲傑的媳婦幫忙管理曹家後宅。

「姪媳婦，你三叔我是個大老粗，這後宅的事情也懂不了多少，妳們女人家的事只有女人明白，三叔我就在邊上幫妳鎮場子，其他的就交給妳，若有不聽管的，告訴我，我保證治得他們服服貼貼。」

對掌家一事，柴秋桐可不像別人那麼熱衷，可現在家裡就剩她一個能理事的女主子，所以只能勉為其難地接下。

不過她也不會就這麼輕易的接手，至少得等老太太和龔玉芬發話，她才能接管這內宅的事情。

龔玉芬巴不得讓這個妯娌幫忙，要是換作別人，她還不見得願意呢，哪怕撐著也不會把管家權交出去，其他人可都懷著鬼胎，這個妯娌卻不然。

柴秋桐把醜話說在前頭。「大嫂，我這個人啊，要麼不管，要麼就管得嚴，要是有什麼地方跟妳的方式不大一樣，暫時也只能這樣，等妳好了，妳再按照妳的方式來。」

「行行行，妳辦事我還能不放心啊？妳就放心大膽的做，後面還有我和娘呢。」有這個妯娌在，那也好過別人去。

柴秋桐也不含糊，有不聽管的就關起來，什麼時候想明白了就什麼時候出來。

一時之間，這個有些失控的曹家後宅在她的管理下很快就恢復正常，下人該幹什麼就幹什麼，每天她都會出去走一圈，若發現問題，直接找各自的負責人就好。

# 第四十四章

家裡那三個得病的人在吃過藥之後，身體已經康復，這不僅讓家裡的下人穩了，也讓幾個主子放下心。

曹振邦在收到兒子的來信後，立刻就坐不住了，雖然他帶著三姨娘出來，但家裡那位可是髮妻，何況家裡還出這麼大的事情。

三姨娘宋靜雯看老爺子臉色凝重的樣子，心裡暗叫不好。

「老爺，姊姊信上都說什麼了？」

老爺子嘆口氣。「家裡出事了，夫人病了，老大媳婦也病了，那些個不成器的連生意都不顧，直接躲到莊子上去，恐怕我們得提前回去了。」

聽了這話，宋靜雯心裡也明白了。他們這裡瘟疫不算厲害，而且還有藥物，而那裡是重災區，城都封了，可見疫情的嚴重程度。

死，她也怕，不過回去的好處也不是沒有。她臉上掛著得體而溫柔的笑。「聽老爺的，你在哪兒我就去哪兒，要不咱們把老五買的藥材帶一些回去吧，老三那邊也難，咱們是家人能多幫一些是一些。」

老爺子滿目含情，抓住宋靜雯的手拍了拍。「還是妳體貼，就是老五我有些擔心，這孩子太年輕了。」

宋靜雯柔聲勸道：「咱兒子你還不瞭解啊，雖然年紀不算大，可做事已經有你的風範了，你就放心交給孩子打理吧！不放手，咱兒子永遠都學不會走路，等家裡那邊都妥當了，你再過來瞧瞧也不遲，況且這邊已經都步入正軌了，剩下的只要安排妥當，出不了大事的。」

吃過飯，宋靜雯跟兒子一起收拾行李。

「娘，您這是何必呢？這個時候回去，那不是給自己找麻煩嗎？」曹雲軒勸道。

宋靜雯笑著搖頭。「這有什麼麻煩的，那個家娘遲早要回去，不過早晚罷了。對了，你那頭的事怎麼樣了？唉，你一個人在外面，娘也不放心，以後出門多帶些護衛，外面世道亂，就怕事情沒做成，反而傷了自己。」

曹雲軒失笑。「這些我都知道，您兒子可是曹家五爺！雖然曹家名頭不大，可是架不住曹家出了個當官的，這附近還沒人敢惹我。反倒是您，讓我挺擔心的，這曹家氣氛越來越微妙了，您得小心行事。」

宋靜雯拍拍兒子的胳膊。「放心吧，不還有你爹嘛！」

曹雲軒點頭。「春巧，妳跟我來。」

在兒子的目送下，宋靜雯跟老爺子離開書院，第一站就去曹家二房待的莊子。

去。

曹振邦也讓老二派人把老四喊了過來，等人齊了，提的第一個要求就是讓這哥兩個先回去。

「什麼？大哥，你讓我們回去豈不是要送死啊，這事我們可不能答應。」

別說老二不答應，老四也不同意，好不容易從城裡出來，再回去豈不是等著被感染？雖說現在有藥了，可是不怕一萬，就怕萬一。

「糊塗，你們為了躲瘟疫逃了出來，讓你姪子這個官何以服眾？再說有效的藥方都公布於眾了，朝廷也承認這個藥方沒問題，你們還怕啥？你看看你們，哪裡還有一個做長輩的樣子！」曹振邦是真的怒了，誰都怕死，可總得有點骨氣啊，一個個窩窩囊囊的，人家都在這個時候趁亂做點生意、發點橫財，他們倒好，連生意都拋下。

曹振宇和曹振勇訕訕地陪著笑。「大哥，瞧你說的，我們這也是逼不得已，就怕家裡的孩子被傳染，所以才帶著他們躲到這裡來。其實這兩天我們倆也琢磨要回去了，這不是城門緊閉，我們進不去嘛……」

曹振邦冷哼一聲。「算你們識相，女人和孩子留在莊子上，你們兩個帶著隨從跟我一起回去，我就不信打著曹家的名號，城裡的人還不讓我們進去。」

此刻宋靜雯也被妯娌們圍住，打聽外面的情況。

「挺好的，也沒傳說中那麼亂，情況已經都好轉了，藥材不也陸續往這邊運嗎？對了，聽說老太太和雲祖媳婦都生病了，妳們聽說了沒？」宋靜雯面帶微笑，把自己知道的事輕飄飄的拋給這幾個妯娌。

「妳說大嫂生病了？那我們可得回去看看呀！」

掌家的兩個女人一下子病倒了，這消息對後宅的這些女人來說，無異於天上掉下一個大餡餅，要是不去搶，那就別想吃了。

看幾個女人神色各異地紛紛離開去收拾東西，宋靜雯嘴角掛了一抹意味深長的笑——曹家又該熱鬧起來了！

「主子，妳說會是誰想要老太太的命？」

宋靜雯冷哼了一聲。「管他是誰，總之不是我們就好。春芳，妳去找妳那幾個姊妹們聊聊天吧，反正一時半會兒的也不會走。」

晚上，他們就住在老二家的莊子上，準備第二天一早出發。只是今晚，各房人心裡都在轉著自己的心思。

「你說嫂子和姪媳婦這一病，家裡可就剩老二媳婦在管家，現在人少，她尚且能夠管理得過來，若咱們一回去，估計該熱鬧了。」戚氏道。「話說這麼多年，這好處全都讓大房的人給占去了，這回怎麼也該輪到咱們了吧？」

曹振宇冷哼了一聲。「妳就作美夢吧，就咱那個嫂子，就算睡覺估計都能睜半隻眼睛。我勸妳別想那麼多，能掌家最好，不能的話協助也行，就是不知道究竟是誰想殺她？呵呵，估計是得罪的人太多，都不知道仇家是誰了。」

跟曹振宇的幸災樂禍不同，老四曹振勇則更謹慎一些，睡前還不忘叮囑自己的媳婦。

「妳就看著大夥兒行事，他們做什麼妳就跟著起鬨，妳上頭還有兩個嫂子呢，這掌家一事也輪不到妳，咱們混水摸魚就行，能撈到好處最重要，至於幫誰都無所謂。」

董氏贊同地點點頭。「嗯，我明白。大嫂也真是的，天天嚷嚷這個家靠他們夫妻倆撐下來的，這是糊弄誰呢！當初要不是你們哥幾個從中幫忙，就靠他們？哼，作夢吧！」

曹振勇瞪了她一眼。「瞎說什麼，小心隔牆有耳。這事大哥心裡不是有數嗎？跟個老娘們家家的計較，咱們根本就計較不明白，揣進兜的銀子那才是咱們自己的，以後多弄一點，還不比那個掌家的要好啊？」

另一處院子，宋靜雯聽著丫鬟彙報聽來的消息。燭光映襯下，她的微笑格外恬靜、柔美。

「行了，妳們下去吧。」

丫鬟剛下去，曹振邦就從書房裡走了出來，看到如此的三姨娘，這心不由跟著一動，彷彿百爪撓心。

「靜雯，妳真美。」這女人的模樣，他一輩子都看不夠。

很快的，屋裡就傳出一陣陣讓人臉紅心跳的聲音，幾個丫鬟守在門外，目不斜視。

另一頭，曹雲傑兄弟幾個正坐在老太太的屋子裡商量。都說千日做賊，哪有千日防賊的道理，這個人不揪出來，只怕後患無窮。

「現在我估計家裡每個人心裡都互相防備著呢，我都懷疑是不是有人故意讓咱們互相猜忌，引起內訌，自取滅亡。」曹雲傑想不透對方用意，只能如此解釋比較合理。

「那個女的也不知道跑哪裡去了，家裡的人也都跟著消失不見，也不知道這臭娘們在搞什麼鬼！大嫂，這事跟我家那口子應該沒什麼關係，別看她這個人小肚雞腸，有些時候還愛斤斤計較，可我想她沒那麼大的膽子做這樣的事情！」曹振坤一向有話直說。

柴秋桐沈默了半天，這才開口。「三叔、娘，我懷疑是不是有人跟家裡結了怨？這些年咱們家有沒有枉死或冤死的？」

提起這事，大家互看一眼。不說別人，就說老太太，她自己心裡也明白，誰手上沒沾上點血腥呢？

老太太眼睛半瞇，搖搖頭。「恐怕也沒那麼簡單，這都多少年了，要報復早就報復了，而且也不會選擇這樣的方式。」

曹雲鵬剛想開口，門外突然有人稟報說有人找他。

「我先出去一下，你們繼續。」曹雲鵬說完就走出去。

找他的人是李大，他替水瑤送信來了。

原來徐五找到了那個女人，可是人已經死了，她的親人對這事也都一頭霧水，只是聽她的吩咐搬了家，至於其他的則是完全不清楚。

看到信上說洛千雪他們都挺好的，曹雲鵬這焦躁的心突然就安穩許多。

「大人，小姐要我提醒您，這次刺殺老太太的人跟追殺夫人他們是一夥人，你們可以一起調查。」李大說完就告辭了。

曹雲鵬剛想往屋裡走，管家就過來了。

「三老爺，老太爺捎信來說明天一早會帶著其他幾房的人一起回來，少爺和小姐們則暫時留在莊子上，到時候要你協助打開城門。」

曹雲鵬眉頭一皺，回屋把老爺子要回來的事跟大家說了一聲。

「娘，您看這信。」

老太太看完信，陷入沈思。「老三、雲禮，我交給你們一個重要的任務，去查查這次刺殺我的人，還有上次洛千雪半路被人追殺的事情。既然他們都能找到同一批人，這中間肯定有什麼關聯，調查的事也就你們父子倆比較能勝任，畢竟老三你不怎麼被大家注意，雲禮年紀小，也方便做事。」

曹振坤眼神帶了些驚訝之色，這次他選擇留下來，那是出於一個做男人、做長輩的責任。別人都說兄嫂占著家產，可他知道他們這些年過得有多不容易，且他也不瞎，即便他這樣不成器，可嫂子從來都沒有異色，就衝著這點，這個重擔他接了。

「行，這事我們答應了，回頭我就開始查。嫂子，我可跟妳說啊，要真的是家裡的人幹的，這事咱們可不能姑息。我這個人雖然沒什麼大出息，但最瞧不起的就是窩裡反！」

老太太贊同地點頭。「嗯，聽你的，嫂子也不喜歡這樣的人，都是兄弟手足，一脈傳承，有什麼事情大夥兒可以坐下來商討，可背地裡搞小動作禍害自己家人，這樣的人咱們可不能手軟。」

說完，老太太頓了頓，續道：「之前趕上事多，有些事情我就沒跟你們說，其實洛千雪的那兩個孩子沒死，都還好好地活著，我打算等洛千雪回來，就讓孩子們認親回家。」

老太太的話一落，在場的人除了知情的之外，都被她這番話嚇了一跳。

曹雲鵬看老太太實在是沒精神頭了，便接過話，負責跟大家解釋。

接下來大家自是繞著這兩個孩子討論起來，尤其是柴秋桐，對這兩個還沒回來的孩子簡直好奇得很。當然，她也是最冷靜的，她是女人，她也有自己的孩子，這兩個孩子回來後要面對的是什麼，她比誰都清楚。

「老三，你可想好了，他們兩個回來，在這個家裡到底是什麼身分？別到時候弄得大人尷尬、孩子不滿。雲綺還小倒也罷，可那個大的應該懂得許多事了，能在外面存活，還能帶著弟弟找過來，恐怕這孩子也不簡單。」

# 第四十五章

柴秋桐自認家裡這幾個孩子沒洛千雪的孩子有本事，如果遇到這樣的情況，還能安然無恙地度過重重危機，那得費多大的勁啊！

說起這事，其他人都看向曹雲鵬，曹振坤說話更直接。「這事我看你們當初做得就是不道地。嫂子，我說話有些直，但道理是一樣的，你們這麼對洛千雪，人家孩子心裡能沒想法嗎？本來是穩妥的嫡子身分，這下可好，弄得不明不白的，好事也變壞事了。」

老太太本來閉著眼睛，聽到曹振坤這話，嘴邊帶著一抹苦笑。「事情已經這樣了，能怎麼辦？當初我們也沒想到不是？這事等你大哥他們回來再說吧，現在我也沒頭緒。」

按理說小叔子的事情，柴秋桐這個做嫂子的不該插手，不過想起那個齊淑玉，她心裡的天秤還是傾向洛千雪。

「這有什麼好鬧心的，該怎麼著就怎麼著唄！」

這是柴秋桐第一次明面上幫洛千雪說話，那個妯娌她看著就比齊淑玉強，老太太也是豬油蒙了心才會做出如此選擇。

老太太心裡也有苦衷啊，不過當著這麼多人的面，她也沒法說。「行了，你們先回去休息吧！老二，你留下來。」

打發走其他人，老太太看著二兒子。「老二，這些年委屈你了，娘知道你不是沒做生意的興趣，可是為了兄弟，你寧願選擇站在後面。」

曹雲傑的眼眶不禁泛紅，聲音帶著哽咽。「娘，您別說了，都是自己的兄弟，還是一個娘生的，沒什麼好爭的，大哥有能力，那就讓他管，我就在後面幫著看顧一些，自家人誰出頭還不都一樣？」

老太太拍拍兒子的手道：「老二，來，到娘這邊坐，今天咱們娘倆就說說心裡話，有些話我也憋了很久，連你爹我都沒說過，可娘擔心一旦我出了事，有些事的真相真的就石沈大海了。

「你知道娘為什麼給老三說了齊淑玉嗎？娘是有不得已的苦衷，當年你弟弟失蹤，我去找他，半路上遇到劫匪，娘差點讓人給姦污了，幸好齊淑玉她娘帶人救了我。等你弟弟回來之後，她寫信用這事來脅迫我，你說我有兒子、有孫子，再傳出這事，我哪裡還有臉面對你們？

「我也是擔心你爹不瞭解實情，誤會了我，所以才不得已答應了她們的要求，當然我也是看中齊淑玉她爹對你弟弟以後的發展能有所提攜。唉，如今看來，這個女人真的不適合你弟弟，你看這還沒出事呢，她倒是先跑了，這一點連你媳婦和你大嫂都不如。娘之所以告訴你這些，就是怕有一天我突然不在了，有些事情沒交代明白。」

老太太喝了口茶，又道：「你弟弟的性子怎麼說呢，唉，趕不上你和你大哥。

「你大哥有魄力，你心裡有數，可你弟弟這人耳根子軟，一旦這女人以後起什麼么蛾子，你記住，那就休了這個齊淑玉，曹家不能留個禍患在家裡。洛千雪這事，其實娘不是沒有懷疑，畢竟最大的受益者就是齊淑玉，可惜我們沒證據，再加上齊淑玉雖然是個庶女，好歹也算是官家小姐，這人命關天的大事，她應該不會做。當初就是基於這種種考慮，我才沒有追查，可惜家裡的事一件接一件的發生，讓我不得不懷疑當初的判斷……」

很多事情老太太已經憋在心裡很久了，她急需找一個人來傾訴，而這個二兒子最適合。這個孩子內裡有乾坤，且就衝這孩子死活不納妾這一點來看，也是個重情重義的人。

曹雲傑邊聽邊冷了臉，手裡的拳頭握了又鬆，鬆了又握。「娘，您為什麼不早點說出來？您看您現在，自己委屈，連帶著三弟一家弄得妻離子散。其實在我看來，三弟現在這樣挺好的，您別以為那官就那麼好做，爬得有多高，摔得就有多重，您又不是不清楚，這官場的爭鬥可比商場要厲害得多。況且以前曹家沒有三弟，生意不也做得好好的？幹麼非得給他那麼大的壓力，不只給三弟添了負擔，好好的家也給毀了。幸好對方是洛千雪，若換一個人，不把咱們家鬧得雞飛狗跳都不算完。娘，說句您不愛聽的話，三弟這事您真的做得欠妥。」

老太太嘆了口氣。「那怎麼辦？現在已經這樣，娘也是騎虎難下，一步不慎，毀掉的不僅是你三弟，還有曹家。水瑤那個丫頭也說了，如果她娘還這麼不明不白的在曹家住著，他們暫時是不會回來的，娘是為這件事情憂心啊！」

曹雲傑一聳肩。「其實不回來更好啊，您看他們在外面多自由？如果回來了，有齊淑玉這個繼母在，您讓他們怎麼相處？她是庶女還是嫡女？以後孩子的婚配又該怎麼辦？」

老太太乾咳了一聲。「好了好了，其實娘找你還不僅僅是這些事，有一件重要的事情，我得跟你交代一下。」

老太太指指牆角處，壓低聲音道：「你還記得那個地方嗎？你小時候淘氣把牆上的磚給拔出來，後來是娘重新堵上了。」

曹雲傑點點頭。「怎麼會不記得？咱兩個還說好了，跟誰都不說。娘，您說這個幹麼？」

老太太慎重道：「咱們家的傳家寶，就放在那裡。」

這話讓曹雲傑吃了一驚，以前他們都聽說過傳家寶，在他成年之後，娘也讓他見識了一眼，不過那傳家寶在他眼裡還真看不出來是什麼寶貝，一個灰突突的哨子，看不出是什麼材質，他就不明白祖宗怎麼會把這東西當成寶一代代傳下來？

不過隨後他被母親說的內容給驚到了，瞪大眼睛，嘴巴合不攏。

「……你大哥常年在外面跑，這東西告訴他反而是個麻煩，娘擔心他哪天說漏嘴，會惹來殺身之禍，而你大嫂這個人，我還是有些不大放心，老三兩口子就更不用說了。你們三人，娘覺得只有你們夫妻倆是最適合的。記住了，保守秘密，這東西在娘看來未必就是祥瑞，說不準還是禍根。不過話又說回來，多少代了，都沒人找過來，那你們就保存著，繼續傳下去。」

老太太交代完一切，這才大喘一口氣。「今年家裡發生了太多事，我現在懷疑你弟弟當年失蹤也跟家裡這幾件事有某種關聯，娘也不好說，總之你多小心。」

囑咐完後，老太太所有的精神好像被抽光了一樣，神色懨懨的揮揮手。「你回去吧，娘累了。」

曹雲傑低聲說道：「娘，您先睡，我在一旁守著您。」

對曹雲傑來說，那東西毫無價值可言，反而是一種責任的傳承和擔當，他真恨不得老娘今天是跟別人說，而不是他自己。

不過想想，他也能瞭解母親的苦心，就這一次，也夠讓母親擔驚受怕了。

看著母親的睡顏，曹雲傑的眼睛有些發酸。

外頭等在廊下的丫鬟們，也不知道裡面是什麼情況，一個個焦急地來回踱步。老太太這個時候應該休息了，可二老爺不出來，她們也不敢進去。

好在曹雲傑很快就出來了。「老太太已經睡著了，她身體不大好，妳們要好好照顧著。」

曹雲傑沿著院子各處巡了一番，經過上一次的事情，各個地方守衛和巡邏的人都不敢懈怠，他跟大家打了聲招呼，這才回屋休息。

一大清早，曹家人進了城，即便不張揚，可也引人注目。

「欸，曹家的人都回來了，你們看哪！」

曹家老爺子帶人回來的消息好像長了翅膀一樣，飛遍了每個角落，這消息無疑讓焦慮不安的眾人吃了一顆定心丸。

知府老爺家的人都回來了，那瘟疫是不是馬上就要過去了？他們還怕什麼呀！

水瑤和齊淑玉等人也得知了這個消息，躲在齊家別院裡的齊淑玉此刻也坐不住了，曹家的人都回來了，她一個做兒媳婦的如果再不露面，那可真的就沒臉了。

「娘，我得回去了，聽說老太太都病了。」

女人不滿的嘟囔一句。「那個死老婆子早不病、晚不病，怎麼偏偏趕上這個時候，真是拖累人！」

齊淑玉挽住女人的胳膊，撒嬌道：「娘，在那個家裡，有她支撐著只有好處，沒有壞處。其實這次過來我都有些後悔了，指不定那老太太心裡是怎麼想我的。」

女人氣哼哼地點著閨女的額頭。「小沒良心的，娘這是為了誰啊？行了，女大不中留，回去吧！妳也好好的表現表現，只要那老傢伙不死，有她護著，妳是吃不了多少虧。」

齊淑玉要離開，齊家的主母帶著人親自來送行。當著母親的面，齊淑玉可不敢明目張膽的喊娘，只能跟自己的姨娘道別。

「母親、姨娘，妳們多保重，等有空我再帶孩子過來看你們。」

齊家主母面上帶著笑，心裡卻不是滋味。當初這個庶女她本來都安排好了，可沒想到讓那個妖婆搶了先機，現如今連她都得給這個庶女幾分薄面。

誰讓人家嫁得好呢，婆家是有名的商戶，男人又是一個前程似錦的官身，雖然討厭，可也不得不打起精神來應付這娘兩個。

「回家好好照顧妳婆婆，要不然別人還以為我們齊家的閨女是為了逃避責任才回了娘家，回去跟妳婆婆好好說說，妳姨娘的身體已經好得差不多，讓她別惦記。對了，這些是咱們家給妳婆婆的禮物。」

齊淑玉看著主母給的東西，滿意地點點頭。「謝謝母親，我走了。」

水瑤坐在茶樓上，自然瞧見了齊淑玉回來的車隊。

「這個齊家還真的不缺錢啊，一個庶女回一趟娘家，都能搬這麼多東西回來，看來這母女在齊家的地位還真是挺高的。」

徐五一邊喝茶，一邊看著下面，面露不屑。「貪多了唄！妳喊我過來，不會是讓我看那個女人趾高氣揚的樣子吧？」

水瑤笑著搖搖頭。「她啊，目前還不至於讓我這麼費腦筋。你那邊藥材銷售得怎麼樣了？如果賣完了，咱們換一個買賣。」

說起生意，徐五眼睛頓時一亮。「差不多都賣完了，我還琢磨要妳想個主意呢，妳有什麼想法？」

水瑤淡淡一笑，嘴裡吐出的話卻讓徐五覺得冷冰冰的。

「對付趙家。上一次齊淑玉不是見了趙家三爺夫妻倆嗎？他們究竟說了什麼，很耐人尋味啊！所以我們得提前動手，不能讓趙家的生意做得太大，現在咱們需要的就是神不知鬼不覺的截斷他們的財路，然後再騰出手來對付齊家。我們娘幾個出事，若說沒有齊淑玉的手筆，我是不相信的。」

徐五聽著特別來勁，這段時日光顧著掙錢，都好久沒出去好好地折騰一把了。

他眼光閃亮地盯著水瑤。「怎麼對付？他們家的生意跟咱們不一樣啊！」

水瑤把一張紙遞給徐五，上頭列了目前趙家做的生意。「趙家已經接下軍中棉衣的生意，你把棉花全部拿下，我要讓他賠個底朝天。」

# 第四十六章

徐五疑惑。「可就算咱們拿下了，他還可以從別的地方採購啊？」

水瑤笑著點頭。「話是沒錯，但現在都什麼時候了，棉花該收的、該採購的已經都結束了，去年棉花就沒怎麼出產，各地貨商手裡根本沒多少存貨，他們家就是想買，一時之間可湊不齊，就算有人肯賣，那也是高價，更沒那麼多的數量。」

水瑤之所以這麼肯定，也是因為前世她曾經聽到趙家三爺洋洋自得地吹噓自己年輕時的豐功偉業，所以這事她記得特別牢。

徐五可有些坐不住了。「我現在就想快點看到趙家急成熱鍋上的螞蟻會是個什麼樣子！水瑤，如果可以的話，咱們最後是不是把棉花再賣給趙家，多要他們的銀子，慢慢玩死他們？」

水瑤朝徐五伸出大拇指。「高明。不過咱們到時候自己加工賣給軍隊也不是不可以，你看著辦吧，畢竟我的主要目的就是讓趙家賠錢。你打聽一下，他們跟軍隊那邊是和誰接觸的，不過你也要注意保護好自己，別讓對方來個狗急跳牆。」

徐五走了之後，換李大走進來。

「小姐，聽安老大夫說第一批藥材已經送到了，他讓妳心裡有個準備。」

水瑤點點頭。「咱們已經賣得差不多了，這個倒是不用發愁。曹家那頭是什麼情況？」

「老太太病了，昨天晚上高熱不止。」

這可把水瑤嚇了一跳。「老太太生病了？看她身體挺好的啊，難道是嚇的？」

這事李大也難說。「上了年紀，再這麼一嚇，不病也難，反正曹家的人都回去了，應該沒什麼大事。小姐，妳可想好要回去了？」

李大心裡一直替這兩個孩子擔憂，即便小姐聰明，可跟這些成了精的後宅女人比起來，他們家小姐還是太嫩了。

水瑤目光悠遠地看著窗外。「其實我不想回去，可是為了我娘，這曹家我也必須回去。我娘一個正妻，憑什麼莫名其妙就下堂？沒這個道理！既然他們不講理，我就讓他們講理，屬於我娘和弟弟妹妹的，誰也不能搶走，我要去替他們討回來。」

說著，她的眼神突然被外面一幕吸引了目光。

只見一個男人在追一個小女孩，小孩子跑得慢，男人很快就追上來，一陣踢打。

水瑤原以為是誰家的家長在管教孩子，不過聽到小女孩的求救聲還有她的面容，她一下子驚呆了。

「小紅?!」

她不由分說拉著李大飛快地跑下去，外面已經圍了一圈人，雖然大家都捂得嚴實，可依然阻止不了愛看熱鬧的心理，想想也是，現在瘟疫橫行，街上人少，冷不丁有場好戲可以瞧，可滿足了大家。

「讓讓、讓讓！」

水瑤一馬當先擠開路人，看到倒在地上、鼻青臉腫的小女孩，氣得朝男人揮去一巴掌。

「你敢打我妹妹，你找死！」

男人冷不防被水瑤弄愣，反應過來後就想還手，卻被李大死死掐住脖子。

「妳胡說，這個是我閨女，什麼妳妹妹！」男人辯道。

水瑤扶起小女孩。「他說他是妳爹，真的嗎？」

小姑娘搖搖頭，邊哭邊道：「才不是……他是人販子……我不認識他……」

就這一句話，比水瑤說什麼都好用。「各位幫幫忙，把人販子送到衙門去，這樣的惡人少一個，以後各家的孩子至少能安全一些。骨肉分離的痛苦，大家也不想嘗到吧？」

欺負人誰都會，況且李大已經制住對方，這些路人也不怕再火上澆油，最後就由一些熱心的路人們將男人帶到衙門。

其實水瑤也不知道這小丫頭的真名，她只知道當初在妓院時喊的是「小紅」，兩個人在那樣的地方，也算是度過一段難忘又美好的時光。

「妳叫什麼名字，家住在哪裡，妳還記得嗎？」水瑤問。

小丫頭估計跟雲綺差不多的年紀，皮膚白嫩，一看就不像是普通人家的孩子。

「姊姊，我記得。」小丫頭說話特別的溜，一看就是個機靈的孩子，這性格還真的沒怎麼變。

「妳多大了?」水瑤又問。

「四歲了,我叫尹寶蓮,姊姊,妳讓人捎信去我家吧,讓爹娘來接我。」說完,小丫頭也不知道哪裡疼,整個人彎下腰。

水瑤趕緊讓李大揹起她,一行人往安老大夫那邊跑。「忍一忍,我帶妳去找大夫!」

趴在李大背上的小姑娘此刻聲音已經帶了哭腔。「姊姊,他們天天打我,還不給我飯吃……」

水瑤邊跑邊安慰道:「別哭,等找到妳爹娘了,讓妳爹娘給妳報仇。」

帶她去找安老大夫上藥後,水瑤又帶她去找她爹娘。

水瑤猜測前世小紅之所以不記得自己的家,十有八九是被拐了很久,再輾轉被賣,不記得也是正常,這世她在第一道被拐賣的關口救下她,她還記住也不奇怪。

不過見到寶蓮的爹娘後,水瑤著實吃了一驚,尹寶蓮這孩子竟然是官家小姐,這可是她作夢都沒想到的事。

「爹、娘!」看到父母,小丫頭再也忍不住,大哭起來。

看著尹家兩口子抱著閨女痛哭流涕的樣子,水瑤也跟著感慨一把。

果然孩子還是需要爹娘呵護的,此刻她更加堅定了要回曹家的決心。

水瑤和李大把空間讓給團聚的一家人,李大也是一臉的不可思議。

「小姐，妳知道這個尹父是什麼官嗎？」

水瑤轉頭看他一眼，雖然心有疑惑，但還是回道：「看樣子應該是個武官。怎麼，李叔你認識這個人？」

李大嘆口氣。「不是認識，而是我以前見過他。據我所知，這人官位不低，這樣的人家，咱們可以跟他們交好，或許以後能幫上忙。」

水瑤邊走邊道：「這事就隨緣吧，咱們當初救寶蓮時也沒想過要什麼回報，這樣的人家也未必是咱們能高攀的。」

可尹家的人並不這麼想，水瑤救了他們家的寶貝閨女，這就是天大的恩情。

待夫妻倆安撫好寶貝女兒後，隔天就帶著大額的銀票，來到水瑤家鞠躬感謝。

「可別！你們這不是要讓我折壽嘛！這是我應該做的，或許也是我們兩個有緣分，要不然也不會這麼巧。這東西你們快收起來吧！來，都別站著了，坐下來喝口熱茶。」

見水瑤推辭，尹家夫妻倆也不堅持了，想來這小姑娘能住在這麼大的房子裡，手裡也不缺銀子。

雲綺聽說家裡來客人，好奇地走到門口想看，恰好讓寶蓮看到了。

水瑤見狀，介紹道：「這是我的妹妹雲綺。」

夫妻倆看雲綺那怯生生的樣子，再看看水瑤，心裡不是沒有疑惑。這兩個孩子的性格怎麼差異那麼大呢？

水瑤朝妹妹招招手。「雲綺，來，這是寶蓮姊姊，這是寶蓮姊姊的爹娘，妳喊伯父伯母就好。」

小丫頭怯生生地喊了人後就躲到水瑤身邊，偷偷抬起眼打量他們。

水瑤不是沒看到夫妻兩人眼中的疑惑，嘆口氣道：「其實我妹妹之前不是這樣的……」

水瑤把自己的事大概說了一下。

尹母聽完水瑤的故事，連連嘆氣。「這還有沒有天理了？平白無故被人追殺，然後爹娘又變成那樣，妳這丫頭怎就這麼命苦呢！唉，以後跟著繼母能有什麼好日子過？水瑤，妳別怪伯母說話直，我這人就是有什麼說什麼，你們以後怎麼打算？總不能這樣吧？」

水瑤嘆口氣。「我現在只能走一步算一步，有些事並不是事事都如我們的心意，我不能說我父母如何，可在我看來，他們兩人還是有感情的，所謂少年夫妻老來伴，有些事情也是不得已，我也做不了他們的主。算了，不說這些不開心的事了。」

幾個人又聊了一會兒，水瑤喝了口茶，問道：「你們今天要留在這裡嗎？還是現在就要回家？」

尹母笑道：「我們暫時會在這裡住兩天，難得過來，正好可以拜訪一下朋友。」

人家父母來了，水瑤也不能讓他們就這麼離開，熱情地招待他們一頓酒菜後，尹母和寶蓮留下來，尹父留了幾個護衛給娘倆，他則帶著其他人去住客棧。

「水瑤，我能去見見妳母親嗎？你們幫了我們這麼大的忙，連你們家長輩我都不見，實在說不過去。」尹母溫柔地問。

「當然，不過我娘自從出事後，精神上受了些刺激，在待人接物上跟一般人有些不同，希望妳別介意。」

「唉，有什麼好介意的，就因為寶蓮的事情，我都差一點要瘋了，更何況是妳娘？遭遇這樣的事還能堅持到如今，已經很不錯了。」

當尹母看到屋子裡的洛千雪，腳步倏地一頓，眼神熱切。「妳是……千雪？」

在屋裡靜靜坐著的洛千雪聽到這個聲音，不由抬起頭，表情震驚又困惑。

「妳是——蘭姊？」

蘇蘭怎麼也忍不住心中的激動，上前一步直接把洛千雪摟進懷裡。「妳這丫頭到底是怎麼回事？妳怎麼就那麼讓人不省心啊——」

水瑤見兩個女人抱在一起放聲痛哭，愣愣地問：「娘、伯母，妳們先別哭啊，誰能給我解釋一下？」

激動中的兩人現在也沒心情去理會水瑤，只有痛哭才能發洩各自心裡的抑鬱和欣喜。

「水瑤姊姊，咱們就別管她們了，我們兩個先出去吧，一會兒我娘肯定會跟妳說的。」面對這樣的場面，尹寶蓮也不大適應，她娘平時很少哭的，如今見娘這樣，連她的心裡都跟著酸酸的。

水瑤拉著寶蓮守在門口，加上雲綺，一大兩小三個女孩子坐在門檻上，雙手撐著下巴，一起盯著遠處發呆。

「水瑤姊姊，妳說我娘跟妳娘以前是不是認識啊？」寶蓮問。

水瑤嘆口氣。「那是肯定的，可我也不知道她們是怎麼認識的，咱們在這兒猜也是瞎猜。走吧，姊姊帶妳們去弄些茶點過來，估計她們哭完也該渴了。」

水瑤不知道這兩個女人在屋裡究竟說了什麼，等她們進去時，這兩人已經和樂融融地在聊天呢。

洛千雪朝兩個孩子招招手。「水瑤、雲綺，來，過來見見妳們蘭姨，她和娘是小時候的好朋友，後來他們搬家了，我們就失去了聯絡，沒想到竟然會在這裡相見。」

水瑤拉著妹妹重新上來給蘇蘭見禮，而這裡最開心的莫過於尹寶蓮了。

她的眼睛一閃一閃的。「娘，那以後我是不是多了兩個姊妹了？以後我可以經常到這裡玩嗎？」

蘇蘭拉著女兒，好笑地點點她的額頭。「是，妳這丫頭……千雪，這個是我閨女，生了好幾個禿小子，總算是有了一個小棉襖，可誰知道會出了這樣的事，也幸虧遇到你們家水瑤。」

她頓了頓，苦口婆心道：「妳啊，現在什麼都別多想，孩子好好的比什麼都強，至於這男人啊，怎麼失去的，妳就想辦法去奪回來。姊小時候也沒少教妳啊，可妳這性子怎麼還是這樣軟，自己受委屈，連帶孩子都跟著妳這個娘受苦。不行，我得在這裡多住兩天，好好地開導妳。」

水瑤巴不得蘇蘭留在這裡好好陪母親，娘就是缺少一個可以跟她聊天的朋友。

隔天，等尹父過來看娘倆時，得知自家娘子和水瑤家之間竟然還有這一層關係，也覺得緣分實在很神奇。

「得，今天我就去府衙看看我那個妹夫去！」

蘇蘭搖搖頭。「你去了能說什麼？讓他休了齊淑玉？雖說你的官比他大，可這事你還真的管不著，我倒是覺得你可以跟其他人打個招呼，以後多照顧這娘幾個，其他的我們再想辦法。」

蘇蘭在這裡住了幾天之後，才在水瑤他們依依不捨的目光中離開。

誰知剛送走蘇蘭一家，曹雲鵬竟在這時候上門了。

這幾天家裡幾房人為了爭管家權，一天到晚吵，吵到他頭都大了，心裡不禁惦記洛千雪她們娘幾個怎麼樣了？

可水瑤並沒有讓曹雲鵬直接去看娘，她要逼出她爹的承諾。「爹，你現在要怎麼面對我娘？你又該說什麼？按理說和離了，你們兩個應該是沒關係了，我勸你還是讓她靜一靜吧，沒看到你，或許對她的病情還比較好。再者，曹家的人都回來了，你下一步該怎麼打算？」

曹雲鵬眼神有些閃爍。「我跟妳祖母他們正在商量呢，可妳祖母現在生病了，而且情況有些嚴重，她是擔心自己的身體，如果有個萬一，連孫子都看不到了，她想讓你們早點回曹家……」

現在老太太已經不是很中意齊淑玉，可曹振邦卻對這件事表示截然相反的態度。他的書院剛起步，如果得罪了齊家，人家從中搞鬼，他們的心血和金錢可都白費了。

這也是為什麼曹雲鵬一直犯難，父母兩人對這件事一直僵持不下，他身為兒子，兩頭都受氣，這邊看見閨女更是無法面對，擺在他面前的好像就是個死局。

水瑤一聳肩，兩手一攤。「其實回去不是不可以，但是你得保證，我們回去別再出現類似雲綺那時的事情，雲崢已經死裡逃生過一次，他禁不起再次的折騰……你知不知道我找到雲崢的時候，他連話都不會說，更不認得我這個姊姊，在他心裡，好像我們都拋棄了他，所以即便是回到曹家，弟弟妹妹由我一個人來管，當然爹你還是得盡到一個做父親的責任。至於我娘，我不管爹你要怎麼做，總之得還她一個公道。」

曹雲鵬心裡沒來由的一陣揪疼，他知道自己放不下，千雪又何嘗能放下？但有些事情也只能由他來想辦法了。

此刻曹雲鵬心裡已經暗暗下決心，以後誰給他塞人他都不要，現在他終於明白自己想要什麼了。

水瑤看著曹雲鵬的臉色變化，沒吭聲。有些人就是要用逼的，才能聽到自己內心最真實的聲音。

# 第四十七章

最後，曹雲鵬跟閨女告別，走出院子。

「老爺，我們接下來要去哪裡？」隨從看他漫無目的地走著，只能提醒一句。

曹雲鵬長嘆一口氣。「回家。」

家裡這頭，曹家這些妯娌和姪子媳婦都湊到老太太屋裡，名義上說是探病，其實話裡話外無不是管家一事。

老太太被她們煩得不行，終於鬆口讓那些夫人輔助柴秋桐管家，這下耳根子總算是清靜了。

老爺子曹振邦走了進來，他回來後就得知原本已經不在的孫子孫女根本沒死，這兩大夫妻倆因為兩個孫子回歸的問題一直沒有達成共識，這眼瞅著要過年了，他得過來跟老婆子交代兩句。

「怎麼樣，感覺好點了沒？」

老太太苦笑了一聲。「一時半會兒還死不了，你剛才去哪裡了？那幾房的人過來的事你沒聽說？」

曹振邦訕訕地在旁邊坐下來。「妳們女人家的事，我一個大男人也不好摻合，不就是想管家嗎？那就讓她們管唄！總不會把這個家管散了吧！再說咱們還能活幾年？」

老太太眉毛一挑，看向老爺子的眼神多了一絲冷意。「你以前可不是這麼說的，怎麼現在改變主意了？」

曹振邦看自家夫人動怒了，趕緊擺手。「行行行，按照妳說的來，我就是說說而已，妳發什麼火啊……對了，這都快年底了，要不讓兩個孩子先回來，至於他們娘的事等以後再說，妳看呢？」

這事老太太一直沒有其他好辦法，猶豫了一下道：「要不這樣，洛千雪回來，就按照客居的禮遇相待，怎麼說她也生了三個孩子，我猜為了孩子，她肯定不會離開曹家。至於孩子們的身分，千雪以前是正室毋庸置疑，那三個孩子也還是嫡子……」

老太太話還沒說完，曹雲鵬就回來了，也聽到老太太剛才說的話。

他坐了下來。「娘，我去找過水瑤了，她說如果要他們回來，人他們這邊要自己管……」

老太太邊聽邊點頭，可是曹振邦可不願意了，皺著眉頭呵斥道：「這像什麼話，一家人怎麼還分著管，那齊淑玉怎麼辦？這要是傳出去，豈不是成了笑話？」

若放在以前，老太太或許會同意老頭這個看法，錢他們不缺，現在缺的是臉面，可她發覺這臉面其實就是自己糊弄自己，什麼面子不面子的，只要自己過得舒服，管別人要怎麼想、怎麼說？

老太太斜睨自家老頭一眼。「那你以為呢？咱們家在外面就不是個笑話？好好的嫡子你讓他們變成庶子？好，就算咱們強逼著，你以為那三個孩子以後會心服口服回來？你也太小瞧那個孩子了！」

曹振邦有些狐疑的打量老太婆一眼，沒錯啊，這還是自己的老妻，怎麼多日不見，卻好像變了個人似的，之前她可不是這個態度。

「妳之前並不是這麼想的，怎麼突然改變主意了？」他學她的話。

老太太冷哼了一聲。「知錯能改，善莫大焉，我不想一錯再錯下去，我能活多少年啊，別進了墳墓還被子孫罵，我不像某些人一錯到底。」

曹振邦咂了一下舌頭，瞪眼看著老太太。「妳這老太婆怎麼越說越離譜了，都這麼大年紀了，說那些幹麼？咱們正說孩子的事呢，既然不牽涉正室，那就好辦多了。老三，我看三天後的日子挺好的，你通知他們準備一下，三天後介紹他們給曹家的人認識，說不定這兩個孩子大難不死，必有後福呢！」

「當初水瑤怕雲崢在城裡感染瘟疫，把他送到鄉下去住，那我去告訴她一聲，快點把弟弟接回來。」曹雲鵬道。

曹振邦突然問了一句。「老三，雲崢不是燒傷了，到底什麼情況？」

這事曹雲鵬也不好說，他沒跟雲崢正面見過，根本不知道孩子是什麼情況，關於兒子的所有訊息，他還是聽閨女跟他提的。

他猶豫了一下，還是照實說。「聽說情況挺嚴重的，差點都要死了，水瑤見到的時候臉都燒傷了，身體也是，不過丫頭說後來治好了，估計現在應該沒事了吧。」

曹振邦不禁猶豫，他之所以讓兩個孩子回歸，是因為雲崢是男孫，而且還是三兒子的嫡長子，可如果這孩子容貌盡毀，弄回家來也是個廢人，總不能讓這樣的人出去談生意吧？

老太太怎麼會沒看出自家老頭子臉上閃過的猶豫之色，夫妻大半輩子了，老頭心裡是怎麼想的，雖不能猜出全部，也大概知道他為何會是這副表情。

「不管孩子成什麼樣，那也是我們曹家的孫子，姊弟兩個能在外面生活這麼久，我相信孫子有自己的生存之道，就算以後雲崢這孩子真的無法見人，不還有我這個祖母嗎？我的私房錢會留給這孩子一些，讓他衣食無憂的活到老也不是個問題。」

曹振邦瞪她一眼。「我又沒說什麼，妳這老太婆怎麼句句帶刀，我這也是關心我孫子，我就想需不需要找個大夫給孩子瞧瞧，既然妳都這麼說，等孩子來了再談這事。」

見事情都談得差不多，曹振邦這屁股就跟長了草似的，沒說幾句話就走了。

老太太長嘆一口氣，對兒子抱怨道：「你看看你爹，娘還沒怎麼樣呢，他這老傢伙就開始不耐煩，幸虧我還有兒孫，要不然指望他？估計我連口水都喝不上了！」

今天老太太幫洛千雪他們娘幾個說話，曹雲鵬心裡說不感動那是假的，娘還是自己的娘，出發點總是為他好。

「娘，您別生氣，喝口水。現在已經這樣，您老也別跟爹吵，家裡還有二哥二嫂頂著，您就安心養病，您好了，二嫂那頭也不用犯難了。」

說起這個媳婦，老太太難得帶上一抹笑意。「你二嫂也不是讓人說的主，她心中有乾坤，娘不擔心。」

待曹雲鵬跟水瑤說完這事後，水瑤立刻派人去把雲崢接回來，另外她也給徐五去了一封信，跟他說一下這邊的事情，以及尹寶蓮父親尹士成的事。

上次尹士成就說過，若他們有需要可以找他幫忙，所以水瑤便轉告徐五，讓他可以找尹士成，好歹他是個官，怎麼也比他們這些小老百姓強。

不過這傢伙好像很忙的樣子，據回來的人說，他連信都沒時間寫，水瑤也搞不懂這徐五究竟在做些什麼。

「姊姊！」

看到水瑤，雲崢就跟撒歡的小鹿一樣朝她撲了過來。

好久沒見到弟弟，水瑤也想得緊，抱著雲崢原地轉了兩圈。

「快，娘和雲綺都在屋裡呢，姊帶你去看看！」

天氣太冷了，水瑤讓雲綺在屋子裡跟娘學點針線活，她是沒指望了，只希望妹妹能學點皮毛。

雲崢瞪大眼睛，一臉驚喜。「娘和妹妹都在？」

水瑤笑著點頭，還沒等她說什麼，雲崢已經像小燕子般飛進了院子裡。

屋裡的雲綺和洛千雪已經聽到聲音，娘兩個剛出門就看到雲崢飛奔過來。

「娘、妹妹！」

看到兒子，洛千雪笑中帶淚，一把抱住撲過來的小身體。「我的好孩子！」

雲崢看娘哭，也跟著掉眼淚。「娘，我好想妳！」

雲綺在一旁拉拉雲崢的手。「哥哥，我也好想你！」

看到妹妹，雲崢吸了一下鼻子，從兜裡掏出一個用草編的螞蚱。「妹妹，這個給妳玩。」

「娘，妳帶雲崢和雲綺回屋去，我現在就來準備飯菜。」水瑤笑道。

洛千雪擺擺手。「別，讓娘來，娘也該為你們做做飯了，現在娘已經好太多了，這根本就難不倒我。」

關於娘幾個回曹家的事情，水瑤在吃飯時一併跟大家做交代。

「李叔，你依然負責送菜這部分；李嬸、鐵鎖和徐倩跟我們進去；至於馬鵬，你就和李叔一起負責傳遞消息和外面的事情。等徐五回來了，我再想辦法看看能不能讓馬鵬作我們專職車夫進去，肯定不會讓你們兩個分開太久。」

徐倩臉都紅了。「小姐，還不至於像妳說的那樣，有什麼事妳就儘管吩咐吧。」

第二天，水瑤從徐倩那裡聽到一個消息，她爹那個懷孕的姨娘竟然難產而死。

「死了？是齊淑玉做的？」

徐倩搖搖頭。「應該不是，聽說是老太太親自坐鎮，你二伯母經手，齊淑玉想動手腳恐怕不行，反正我聽說這胎兒過大，生不下來才母子雙亡的，估計是吃太好了。」

對這事，水瑤並沒有放在心上，只是搖搖頭。「這回，齊淑玉該笑了。」

水瑤他們一行人站在曹家大門口，不禁感慨萬千。

「雲崢，還記得姊姊曾經跟你說過的話嗎？」水瑤問弟弟。

小傢伙挺著小胸脯，下巴微揚，目不斜視道：「我們要堂堂正正的從曹家大門回到曹家，姊姊，我們做到了。」

小傢伙心裡不激動是假的，他終於可以回家，以後可以跟爹娘在一起，雖然兩人出了些問題，可是他要求不高，只要能見到爹和娘就行，大人的事情就讓大人去解決。

就連在曹家一向怯怯的雲綺此刻也彷彿找到依靠似的，揚著小下巴，被姊姊牽著走。

「雲綺，記住，這裡是妳的家，在自己家裡，沒什麼好怕的，妳要學習勇敢一些，別忘了，妳的身邊還有哥哥姊姊呢！」水瑤鼓勵雲綺。

曹家人看著遠處手牽手走來的娘幾個，眼睛都差點要瞪掉了。

在他們心裡，水瑤和雲崢應該是一副叫化子的模樣，即便是曹雲鵬給他們梳洗打扮過，氣質也是改變不了的。

可看著眼前這兩個，先不說長相，就看走路的派頭，跟大家小姐和少爺沒什麼區別，就是洛千雪和雲綺這兩個之前都差點要低頭走路的人，現如今也改變不少。

這娘幾個一路走來，那精氣神連在場的人都驚訝。

老太太本來身體不大好，可是為了歡迎兩個孩子回家，她也讓丫鬟們扶著勉強坐在客廳裡。

看到站在人群裡、緊握雙手的齊淑玉，她眼神暗了暗，再看看其他人，有單純瞧熱鬧的，也有她看不透的，不過在看到兩個孩子走來的時候，老太太的心敞亮了，這兩個孩子沒白費她的心思。

她仔細打量那個只聞其名、不見其人的孫女，突然一愣神，感覺有些熟悉，也不知道是從哪來的感覺，不過她也沒多想，或許這就是血緣吧！

「水瑤、雲崢，還有雲綺，快跪下給祖父、祖母磕頭。」曹雲鵬道。

三個孩子齊唰唰地跪下來給兩位長輩磕頭，老太太早就準備好禮物，但她卻忽略了雲綺的，於是她直接從手腕上將自己常年戴的翡翠鐲子摘下來遞給雲綺。

「好孩子，都起來吧，這是祖母的一點心意，既然回來了，以後就好好的在家裡住著，你們也是這個家的主子，不管做什麼，要有做主子的樣子，不能讓下人笑話。

「老三，你給孩子們都介紹一下，以後都是自家人，總不能連家人都不認識，若傳出去還不知道外人怎麼笑話呢！」

水瑤把曹家人挨個兒記下來，身邊的雲崢也一樣。

曹家的人把各自準備的禮物遞給水瑤和雲崢，兩人表現得很淡定，好像根本就沒當作一回事似的。

對於齊淑玉送的禮物，水瑤等人也是照收不誤，不過姊弟倆看向她的眼神很冷漠，甚至帶了一股不寒而慄的氣息，讓齊淑玉有些不滿。

水瑤他們並沒有特別稱呼齊淑玉，只朝她點點頭，這一幕讓其他房的人看向齊淑玉的眼神多了些意味不明的意思。

# 第四十八章

齊淑玉看見那些眼神，再也忍不住了。

「慢著！怎麼，拿了我的禮物，連母親都不喊一聲了嗎？這是哪家的規矩，這麼沒教養！」

齊淑玉這聲痛斥，連老太太都嚇一跳，可見聲音有多尖銳。

水瑤看齊淑玉跳出來，轉過頭歪著腦袋看著她，一臉無辜。

「我娘？我娘在那兒啊！我喊妳母親，妳敢答應嗎？妳是生我們還是養我們了？如果我們沒有被人追殺，妳應該還要喊我一聲大小姐吧？我說的對吧，齊姨娘？」

「妳！」齊淑玉氣得渾身發抖，身邊的丫鬟趕緊拉她一下。

她轉頭看向老太太。「娘，您看看，這孩子這麼刁蠻，以後可怎麼辦，出去可代表咱們曹家的臉面！」

所有人的目光全都集中在老太太身上。

老太太苦笑了聲。「淑玉，妳是大人，跟一個孩子較什麼勁？這兩個孩子在外面吃了不少苦頭，沒這架勢，他們能在又是災荒又是瘟疫的情況下活命？妳就多體諒一下，這事也急不來，不是還有她娘在嗎？洛千雪，妳以後好好教導這三個孩子，這可是我們曹家的孫了，不能再出現任何差錯，妳就住妳原來住的地方，水瑤和雲綺一起，雲崢住在雲綺的邊上，反正那房子大，夠住的。」

老太太看向水瑤。「水瑤，既然來到這個家，就要守曹家的規矩，妳是大小姐，可得有點小姐的樣子。」說完對大家道：「好了，這人也都認全了，以後這兩個孩子還得仰仗你們這些長輩照顧。」

老太太轉頭看向曹振邦，他身為一家之主，總不能一言不發吧！

曹振邦難得露出笑臉。「雲崢，到爺爺身邊來。」

小傢伙看了水瑤一眼，水瑤推了他一下，他才走過去。

「爺爺。」

曹振邦打量雲崢的臉，雖說有些疤痕，但整體上看不大清楚。

他摸摸雲崢的臉，點點頭，嘆口氣。「好孩子，現在還疼嗎？」

雲崢搖搖頭。「當初很疼，現在都過去了。」

「以後不舒服，就跟家裡人說，現在你們已經回家了，有事還有我們大人在呢！好了，都散了吧！」

曹振邦都這麼說，水瑤他們也就退下了。

曹家她是回來了，可以後的路該怎麼走，必須好好計劃一番，那些人看他們的眼神，她怎麼可能看不懂？

小翠早早就等在門外，畢竟老太太的屋子不是她能進得去。

其實這些日子她不是不擔心，就算小姐再能幹，終究是個孩子，把夫人和雲綺接出去，還得養活雲崢，她實在不敢相信，就是她都未必能養活這幾個人呢，況且還是在那樣混亂的情形下。

「翠姨！」

姊弟三人看到小翠，顧不上什麼禮儀，在他們眼裡，小翠就是家人，沒有她的照顧，娘和雲綺未必能堅持到今天。

看著眼前活蹦亂跳的小主子，再看看面色紅潤的洛千雪，小翠激動得眼淚都掉下來了。

「回來就好。夫人，快，咱們回屋吧。」

柴秋桐跟在後面。「水瑤，我送你們過去吧！剛來這個家，你們肯定不大熟悉，不過時間長了就習慣了，可惜妳哥哥姊姊他們都沒回來，等他們回來，就有人陪著玩。這段日子我暫時代替妳大伯母管家，其他嬸嬸也會幫忙處理一些事，你們要是遇到什麼問題，可以過來找我。」

當時那麼多人在場，柴秋桐表現得中規中矩，沒有多熱切，也沒有異樣的眼光，這些水瑤心裡都清楚。

「二伯母，那以後可真的要麻煩妳了，雲綺跟我說了家裡的事情，哥哥姊姊還有伯母都沒少幫我娘她們，以後有需要我的地方，妳就說一聲，能幫的我會儘量幫。」

這小大人般的模樣，讓柴秋桐打心底喜歡這懂事的姪女。

水瑤對二伯母的第一印象不錯，進退得當，為人精明。根據調查來的消息，這個二伯母在家裡是那種不怎麼出聲的人，似乎沒什麼事情能讓她放在心上，可若真有人觸碰到她的底線，恐怕鬧得天翻地覆的也是這個人。

「二伯母，這幾位是我帶回來照顧我們起居的人，她們的開銷不用府裡出。」水瑤指著李嬸幾人道。

柴秋桐當然知道這是什麼意思，如果由府裡支出，那就要有賣身契，如果沒有，除非情況特殊，要不然進都進不來，水瑤這也是經過老太太允許的，她對這事自然樂見其成。

「行，這小的就跟著雲崢，其他兩人就安排到妳和雲綺那裡。」

水瑤他們住的地方離洛千雪的屋子不遠，下人們看到水瑤幾人在二夫人陪同下過來，趕緊收起輕視的態度。

柴秋桐讓所有下人站在院子裡讓水瑤過目。「這位就是三老爺的長女水瑤小姐，以後她要和雲綺一起住在這個院子裡，你們要好好的伺候。」

水瑤掃了眼院子裡的人，將他們臉上的神色一一記在心裡，看來以前妹妹沒少在這些刁奴面前吃虧啊！

看看這些人，即便是在柴秋桐跟前，還時不時的露出一點小表情。

水瑤嘴角帶著一抹笑，看著眼前的人，突然大喝一聲。「都給我站好了，站沒站相，還有沒有做下人的規矩？不想在這裡做就趁早離開，我這裡可不養閒人！妳，過來！」

「我？」站在最後一排的小丫鬟被水瑤單獨叫出來。

水瑤點頭。「妳叫五兒對吧，以後妳就在雲綺小姐身邊貼身伺候。」

名喚五兒的小丫鬟嚇得趕緊擺手。「小、小姐，我啥都不會啊……」

她當然知道貼身伺候是什麼意思，可她一個在外面掃院子的粗使丫頭，別的本事沒有，幹點力氣活倒是行，其他的她真的不會啊！

水瑤笑笑。「不會可以慢慢學，沒有什麼事是生下來就會的。這事就這麼定了，回頭我會找人教妳。」

之所以選五兒，是因為妹妹曾跟她提過，生病時這些丫鬟、婆子一個個裝聾作啞，根本就不管她，最後還是這個粗使丫頭看不過去，給她燒了熱水送過來。對妹妹好或壞，她一概都記在心上，既然來了，她可沒打算忍耐，首先得給這些人下馬威，不然還以為他們好欺負。

柴秋桐一直在旁邊觀察這個姪女，如果是個扶不起來的主子，她再怎麼幫忙也沒用，畢竟在這個後宅，想住得滋潤、活得肆意，沒有一點手段肯定是不行的。而對水瑤的表現，她非常滿意。

「以後就按照水瑤小姐說的辦，如果有不聽話的，直接賣去礦山，揹一輩子礦石，到時候你們就知道什麼叫苦，什麼叫欲哭無淚。」她看向水瑤。「水瑤，以後這裡就是妳的地盤了，自己的人自己負責管教，不行就發賣。」

解決完這處，水瑤親自跟過去安排雲崢的事情。她覺得只有鐵鎖和雲崢不妥，便把李嬸撥過去，其餘幾個丫鬟和婆子，水瑤也親自過目一遍。

柴秋桐一回去，便跟自己的男人感慨道：「真不知道洛千雪是怎麼養出這麼個閨女的，如果可以，讓這孩子管這個家估計都綽綽有餘，瞧那眼光精明的，連我都羨慕。唉，咱們閨女什麼時候能像水瑤這樣，我就不用操心了。」

曹雲傑對這個失而復得的姪女也充滿了好奇。「怎麼，這孩子又做了什麼讓妳如此感慨？」

柴秋桐把剛才的事跟自家男人說一遍。「你說，一般孩子會這麼做？老三和洛千雪的性格你也知道，能生出水瑤這麼一個孩子，這兩人也該偷樂了。總之我是挺看好這丫頭，其餘兩個年紀還小，暫時看不出什麼，可有這麼一位姊姊帶著，雲綺我不敢說，雲崢估計也差不到哪裡去。」

這話曹雲傑挺贊同。「都是自家姪子姪女，以後能多照顧妳就多照顧些，娘都承認了姊弟三人的身分，咱們就別在背後做小人了，至於那些想不開的，咱們就不管了。」

水瑤幾人的回歸，各房的人都在暗自嘀咕，至於說些什麼，水瑤自然不關心，只要他們娘幾個活得開心就好。

要說起來，恐怕也就齊淑玉這氣還沒消下去，當著這麼多人的面，她的面子是被人掃得一點都不留。

「這到底怎麼回事，不是說人死了，怎麼突然又冒出來？妳看老太太那態度跟之前完全相反，我都覺得她是不是懷疑要殺他們的人是我派過去的。」

梅香一邊替主子倒茶，一邊勸道：「主子，這當口您可不能生氣，不管怎麼說，您已經是三夫人了，這是什麼都改變不了的。您別擔心，就算咱們僱了人，可也沒說要殺他們，其實我也納悶呢，明明說好讓他們強了洛千雪，把那三個賣到妓院裡，怎麼會出這麼大的差錯？我還以為找具屍首就能糊弄住家裡的人呢，畢竟在那樣的情況下幾乎不可能活著，可偏偏在這個時候冒出來了，難道真是天意？總之，主子，這個時候您可千萬要沈住氣，就算他們懷疑也沒證據不是？」

蘭香一邊給齊淑玉捶背，一邊白了梅香一眼。「妳那張嘴趕緊裝把鎖，免得什麼事都往外說！記住，那事跟咱們一點關係都沒有，以後也不許再提了。

「主子，您也別上火，您畢竟是三房的正頭夫人，您沒犯什麼大錯，他們也不敢對您怎麼樣。至於那個丫頭片子，且不說年紀還小，就算大了又能怎樣？以後婚配還不得由您做主，想讓她嫁給什麼人就嫁給什麼人，就是老太太偏向她又如何，老太太再怎麼活也活不過您啊！」

說到這裡，蘭香突然嘆了口氣。

齊淑玉轉頭看了她一眼。「好好地嘆什麼氣啊？」

蘭香說道：「不過那個雲崢卻是個問題，他這一來，大少爺的位置可就受到威脅了，您也知道老爺這人，何況我看老太爺看雲崢那眼神也有些不同。主子，以後您得對那兩個小的好一些，只有拉攏住這兩個小的，才能讓那個大的屈服，至於這兩個小的，您想把他們教成什麼樣子，那還不是隨您的意思？」

蘭香的話明顯取悅了齊淑玉，她拍拍肩頭上的手道：「還是妳這法子好，以後咱們就這麼來，我看誰還敢說我這個母親對繼子不好的！梅香，去準備點東西給他們送過去，讓大家都知道我這個做母親的有多歡迎他們回來。」

水瑤他們娘幾個正聚在一起吃飯，這桌飯菜是老太太賞的，一家人在曹家重新聚首，說不出有多熱鬧。

這時下人稟報梅香送東西過來，水瑤也不覺得意外，很痛快地收下了。

「姊，妳為什麼要收那個女人給的東西？」

雲崢氣那個壞女人搶了娘的位置，如果追殺他們的人是這個女人指使的，那就是不共戴天的仇人，他們怎能跟仇人走得這麼近？

# 第四十九章

水瑤拍拍弟弟的肩頭，冷哼了一聲。

「就是她送的我才收，你想想，這時候送東西過來，無非就是想拉攏咱們，我猜她的目的主要是你和雲綺，因為你們倆年紀還小，時間一長，你們會對她產生好感，進而與她親近，如此才方便她使手段。我想在送東西來的路上，她們肯定很招搖，恨不得所有人都知道她對我們有多好，所以我們才不能中了她的計。我就偏要收下，還不跟她親近，就要讓她肉疼。」

雲綺懵懵懂懂的點頭，她還不大明白姊姊說的是什麼，不過她知道聽姊姊的話準沒錯。她也不喜歡那個女人，尤其是那個女人生的孩子，他們太壞了。

「我知道，我們只有一個娘親，她不是我們的娘。」

水瑤摸摸妹妹的頭。「雲綺，記住姊姊的話，以後不許單獨跟那個女人在一起，就算她喊妳去，妳也不要去，只有姊姊陪著才可以。雲崢，你也是，有些時候狗急了是會跳牆的，姊姊擔心她下黑手。」

小翠點頭。「小姐說的對。雲綺、雲崢，你們以後都要記住，即便曹家是你們的家，可在這個家裡，每一個人都藏著心眼，在沒有人陪的情況下，別隨便亂走，說不定哪個角落裡就躲著暗藏禍心的人。」

雲崢看向水瑤。「姊，曹家真的如此可怕嗎？那這還是家嗎，家不是最溫馨、最安全的地方嗎？」

水瑤苦笑了一聲。「你說的是咱們以前的家，現在這個地方真的如翠姨所說的那樣，所以你們都小心一點。你也聽說過雲綺之前掉進水裡的事吧？如果不是娘救了她，丟了性命那都是彈指之間的事，尤其你們現在還小，在沒有反抗能力的情況下，要先學會保護好自己。這事你們就慢慢學，回頭沒事就多跟李嬸待在一起，讓她教你們一些大家裡的規矩，既然來了，有些規矩咱們要守，但是也不能愚守，要懂得變通。行了，先吃飯，吃完了咱們再繼續說。」

另一頭，曹振邦和三姨娘宋靜雯也在吃飯。

「見水瑤他們的時候，妳好像不想讓我說太多，到底是怎麼回事？」曹振邦問出心裡的疑惑。

宋靜雯嘆口氣。「老爺，老三媳婦就在邊上，你說多了她心裡會怎麼想？與其火上澆油，還不如淡定處理，畢竟他們冷不防的回來，對大家來說不是沒有衝擊的。」

曹振邦仔細一琢磨，也覺得她說的沒錯。「唉，我就是開心我們這一房又多了個男孫了，還真沒想那麼多，還是夫人妳看得透澈！來，多吃點！」

宋靜雯邊吃邊道：「老爺，你說我這個做長輩的是不是也該送點東西過去表一下心意？哪怕是一口吃的，也算是我對小一輩的愛護，你說呢？」

曹振邦笑了，語氣滿含深情。「隨便妳，只要妳喜歡，送什麼都可以。真難得妳還有這份心思，等老五成親了，妳肯定會是一個慈祥的祖母。」

「唉，還不知道要等到什麼時候呢，老五一門心思幫著你壯大家業，我啊，有得等了！」宋靜雯嬌嗔。

說起這個文武雙全的兒子，曹振邦一臉與有榮焉。「那是，咱們的兒子還能差了？我現在都發愁什麼樣的閨女才能配得上咱們的兒子，不過不急，他還年輕，先等生意上手，這些對他以後都有好處。妳就放心吧，他是我兒子，我心裡有數。」

水瑤看三姨奶奶派丫鬟來送東西，趕緊讓徐倩把東西收下，她則拉著對方坐下，想跟對方多聊聊，看能不能套出一點話來。

「妳看看，我們這做小輩的還沒過去拜會長輩，三姨奶奶卻先給我們送吃的來，等有空我們一定過去瞧瞧。姨奶奶現在正忙著？」

春芳笑著點頭。「可不是，姨奶奶讓我送完東西就趕緊回去。姨奶奶說了，有空你們就過去坐坐，反正她一個人也閒著，正好跟你們聊聊天。」

春芳這丫頭嘴巴真夠緊的，根本就不給水瑤多交談的機會。

水瑤望著春芳遠去的背影，轉頭對徐倩道：「這個三姨奶奶在家裡也是個人物啊，妳看看那丫鬟都調教得這麼厲害，以後妳也多注意一下。」

三姨奶奶派人送來的也不是什麼貴重的東西，就是些點心和水果，水瑤試了一下沒有問題，才端進去給雲綺吃。

她邊吃邊問妹妹。「以前她就經常送吃的給你們？」

雲綺點頭。「嗯，我也不知道為什麼，我連她的面都沒見過呢。姊，妳說這個三姨奶奶是不是個大好人啊？」

是不是好人水瑤不清楚，可無故獻殷勤也不是什麼好事。

「姊也不知道。好了，快吃吧，一會兒帶我出去轉一轉，熟悉一下。」

其實水瑤還想著一件事，當初安插進雲綺這邊的人都調走了，她得弄明白這些人的去向。

姊弟三人帶著洛千雪和小翠以及丫鬟、婆子在曹家的院子裡轉了一圈，就連小翠都不得不感嘆。

「沒想到曹家這麼大啊，比咱們老家的地都要大，我來這麼久都還沒逛過，妳娘也都沒能出來好好看看，今天總算是開了眼界。」

走著走著，水瑤就看到一張熟悉的面孔，水瑤朝對方眨眼睛，紅袖會意點頭，然後離開。當初她被調到雲綺小姐身邊，紅玉她們則是分配到洛千雪房裡，她沒想到這麼快就被調離，也沒想到水瑤小姐會在這時進來，看來她得趕緊跟另外兩人聯繫一下。

看到熟悉的人，水瑤終於放下心來，只要人沒事就行。

她走到齊淑玉的院子，興致頓時消失無蹤，這屋子才該是她娘享受的，而不是那個偏僻得快被遺忘的院落。

「這就是那個女人住的院子？」雲崢看水瑤腳步停頓，很快就猜出其中的緣由。

水瑤眼神悠遠。「是，以後這地方少來，咱們不想害人，但也不能讓別人害了。」

雖然他們還是個孩子，可這裡面的鬥爭有多殘酷，她是過來人，比誰都明白。

雲崢面色凝重地點頭。

剛想離開，沒想到院子裡的一個灑掃丫鬟突然抬起頭，水瑤差點都想笑了，原來這裡還有她的一個臥底啊。

對方看水瑤眉眼帶笑，不由得給水瑤一個笑容。

看對方想出來，水瑤搖搖頭，果斷的帶著人離開了。

「咱們回去吧，以後再慢慢逛。」

晚上，水瑤就接到那三個人傳來的訊息，一個在齊淑玉那邊做粗使，另外一個在針線房，最後一個則是在二房庶子曹雲凱處，信裡大致說了各自的情況，暫時還沒什麼最新的消息。

水瑤嘆口氣，把信丟進火盆裡，看著在屋裡玩鬧的兄妹倆，娘親在一旁滿臉笑意的看著他們，水瑤真希望這一幕能成為永恆。

「小姐，妳明天得帶著少爺和雲綺小姐去給老太太請安，就衝著老太太今天抱病出來見你們，這個情咱們得領。」

小翠以為水瑤不知道富人家的規矩，便提醒了一下。

水瑤笑著點頭。「是該這樣。」說完對娘幾個道：「雲崢、雲綺，我們該回去了。娘，妳也早點休息，明天我們再過來陪妳。」

洛千雪點頭，突然像是想起什麼。「水瑤，你們三個孩子得開始讀書了，明天妳就跟老太太說一聲，這事不能耽誤。」

水瑤笑笑。「娘，妳放心吧，落了誰也不會落了雲崢。至於我就算了吧，我都這麼大了，過去跟他們這些小的湊在一起也不大適合。」

送走了孩子們，小翠回頭問洛千雪。「夫人，那以後我們該怎麼辦，一直就這麼待著？」

這事她不甘心啊，好好的官夫人位置就這麼沒了，而且還是在她們家夫人生病時沒的，這事放在誰身上都覺得憋屈。

洛千雪嘆口氣。「目前也只能這樣，總要先把我的身體養好了再說，目前唯一能依仗的就是水瑤了，慢慢來吧。」

在曹家的第一個晚上，並沒有水瑤想像的那麼困難，也不知道是累到了還是心底的擔憂沒了，這一覺她睡得很舒服。

隔天吃早飯時，也沒有遇到妹妹之前的情況，看來她進來是有個好處，至少妹妹的飲食她們再不敢動手腳了。

「姊，妳在發什麼愣？快吃啊，都是熱的呢！」雲綺抬起頭道。

水瑤好笑地摸摸妹妹的頭。「我知道，妳也多吃些。」

吃飽後，水瑤和雲綺打扮妥當了，一起去找雲崢，誰知路上遇到齊淑玉正要去給老太太請安。

看到水瑤，齊淑玉竟然一改之前的態度，很友善地打起招呼。「呀，你們去給祖母請安呀？那咱們一起！」

水瑤摟著妹妹的肩頭。「姨娘可真早，那就一起吧！」

一句話頓時讓齊淑玉破功，她的臉色沈下來。「混帳東西，連母親都不喊，洛千雪就是這麼教妳的？那我可要跟老太太討教一下，這繼女該怎麼稱呼我這個後娘！」

說罷她憤恨地一甩袖離開了。

姊弟三人來到老太太的屋子，人還沒進去，聲音就先到了。「祖母。」

老太太剛聽完齊淑玉的哭訴，才把她打發走，心裡正煩著，就看到齊唰唰進來的三個孩子，臉上頓時溢滿了笑。

「哎呀，快過來坐！」

水瑤笑著問候。「祖母，您的身體好點沒？」

老太太無奈的嘆口氣。「唉，老了，不中用了！對了，我早就在想，以後你們就跟家裡的兄弟姊妹一起讀書吧，既是曹家的子孫，不識字可不成。」

水瑤原本還想躲懶，誰知道老太太在這時發話，她目前還不想因為這事拂了老太太的面子。

接下來幾天，齊淑玉倒是安安穩穩的，完全沒有要挑事的架勢，這讓水瑤有些納悶，按理說這女人應該跟他們玩宅鬥、耍心眼，怎麼這時候卻偃旗息鼓了？

不過當她看到齊淑玉那處的臥底丫鬟墨香傳來的訊息，不由露出冷笑。「我還當這女人消停了，敢情是躲在自己屋裡發洩呢！呵呵，就讓她慢慢砸吧，東西砸光了，賠的還是她。」

徐倩皺著眉頭。「這日子過得真是不舒坦，還不如咱們在外面呢！」

水瑤一攤手。「沒辦法，來到這地方，咱們就得按照這邊的遊戲規則來。妳讓墨香盯緊點，沒事就跟其他人聊聊，看看能不能打聽到更多的訊息。」

只是還沒等徐倩去送信，水瑤就聽說趙家三爺過來找齊淑玉了。

水瑤頓時愣住。「他怎會這時候來？那徐五那頭是成了還是沒成啊？按理說現在趙家的人應該要忙著找貨源，怎麼還有空過來串門？徐倩，妳趕緊讓墨香打聽一下，我要知道他們都談了些什麼。」

「小姐，有信。」小翠走了進來，從懷裡掏出一封信。「這是李大捎過來的，妳快看看。」

水瑤迫不及待拆開了信，是徐五寫的，上頭說得很簡單，只說他已經攔了趙家的貨，現在正跟尹士成聯絡，至於下一步要怎麼做卻沒說。

# 第五十章

其實趙家三爺找齊淑玉，就是想透過她找曹雲鵬想想辦法，看看這個官老爺門路廣不廣。

「姨夫那邊我已經打了招呼，現在這事很緊急，表姊，妳可一定要上心，如果這個買賣弄砸了，別說是趙家，估計連齊家都要受牽連，畢竟這事還是妳爹幫我們介紹的——」

「什麼?!」齊淑玉立刻就坐不住了。「這可怎麼辦！你說你們趙家也真是的，給點高價不就得了，偏偏要壓價，這下好了，把自己給賠進去了，連我爹都受牽連！」

面對齊淑玉的指責，趙家三爺也是一臉歉意。「表姊，妳別急啊，我們這不是在想辦法嗎？妳好好求姊夫，讓他儘量想辦法幫我們湊一湊，姨夫那邊也會幫忙，咱們一起努力，肯定能行的。」

齊淑玉瞪了他一眼。

「要是不行怎麼辦？那麼多的棉花呢，你當那東西是地裡的糧食說有就有啊，尤其是到了這個節骨眼，咱們這地方出產的棉花本來就不多。」

她嘆了口氣。「你啊你，讓我該怎麼說你才好？算了，這事我回頭跟你姊夫說說，可這棉花要是有了，你們能保證那麼快就做成棉衣？」

趙家三爺對天發誓。「這個妳不用擔心，我們已經都聯絡好了，好幾家成衣坊和繡坊以及僱來的人會日夜加工，肯定能及時交貨。現在關鍵是棉花啊，拜託拜託，我可就指望表姊妳了！」

齊淑玉無奈道：「行了，我知道了。對了，上次你找人——」

話還沒說完，就聽到門口「噹」的一聲，隨即傳來梅香的呵斥聲。

「妳是怎麼走路的，沒長眼睛嗎?!快點收拾好，若驚動了夫人，小心妳的皮，那可是夫人最喜歡的花！」

墨香趕緊把花從打碎的花盆裡抱起來。「梅香姊姊，真對不起，我下次再也不敢了，我馬上就收拾好，保證讓這花能活，真的——」

齊淑玉煩躁地衝到外面。「梅香，妳給我盯著，要是這花活不了，就給我好好懲罰她！」

趙家三爺趕緊拉住齊淑玉。

「表姊，消消氣，妳若喜歡，以後我給妳弄些名貴的品種來。總之我這事就拜託妳了，我也要趕緊回去做事去了。」

這次齊淑玉也沒心情送到門外，獨自坐在屋裡琢磨了一會兒，才朝蘭香吩咐道：「換衣服，我要出去一趟。」

直到晚上，水瑤才知道趙家三爺過來幹什麼。

徐倩邊跟她說邊嘆氣。

「這個齊淑玉的心真夠黑的，不就是個花盆嘛！竟讓丫鬟把墨香的手都打腫了，我已經給她送藥膏過去，妳放心吧！」

水瑤長嘆了口氣。「這就是下人的命運，我們改變不了。」

「對了，墨香說她隱約聽到什麼『上次你找人……』，但是她沒聽全，也不知道他們指的到底是什麼事？」徐倩疑惑。

水瑤撐著下巴沈吟一會兒。「或許齊淑玉背地裡幹的那些事都是靠趙家這邊幫著出面的，如此就解釋得通了。」

就在這時，跟丫鬟在外面玩的雲綺突然喊了一句。「爹，你怎麼來了？」

水瑤趕緊起身迎了出去，就看到曹雲鵬抱著雲綺進來。

水瑤也跟著喊道：「爹，我可好幾天沒見到你了，最近很忙？」

曹雲鵬邊走邊嘆氣。「忙，怎麼不忙？這瘟疫雖說控制住了，可我還得寫摺子，加上又冒出妳娘那頭的事要我幫忙，一個頭都快成兩個大了。」

「我娘？」水瑤納悶，她娘洛千雪在屋裡待得好好的，怎麼還有她娘的事？

曹雲鵬看見水瑤的表情，瞬間恍然大悟。

「就是齊淑玉的事，她表哥讓我幫忙弄棉花，可這時候上哪兒去弄那麼多的棉花？他們也真是的，想要這東西也不趕早啊！」

曹雲鵬也是發發牢騷，岳父都跟他打過招呼了，外加齊淑玉也叮囑了他這事，如果不幫，他怕岳父那頭不滿，可要幫忙，他也實在沒有好辦法。

水瑤在心裡偷偷暗喜了一把，看來徐五這事辦得讓趙家非常頭疼啊。

「那有辦法嗎？」

曹雲鵬搖搖頭。「有辦法我還會這麼發愁啊？算了，不說他們的事，快過年了，你們有什麼需要買的嗎？爹給你們一些銀子，有喜歡的就出去買。」說完他從兜裡掏出一張銀票，面額不算大，但也足夠水瑤他們花的。

現在水瑤雖然也掙了不少銀子，不缺錢花，可這是她兩世以來第一次花她爹的銀子，而且還是親爹，這錢她不要白不要。

「嘿嘿，謝謝爹。明天我就帶著娘和弟弟、妹妹一起出去買東西，你看看娘和我們姊妹兩個連件像樣的首飾都沒有，這次我可要好好給娘添一些。」

說起這個，曹雲鵬心裡慚愧，以前家裡沒多餘的銀子，後來洛千雪帶孩子到這裡來，狀況百出，他也沒那個心情關心他們娘倆的穿戴，如今閨女這一提醒，讓他想起自從他們來了，他還真的就沒給她們添什麼東西。

「唉，都怨爹，你們喜歡什麼就去買，不夠再拿給你們。」

水瑤笑著揮揮手裡的銀票。「這些就夠了，就算家財萬貫，咱們也要省著點花，掙銀子可不容易。」

這話差點讓曹雲鵬落淚，這孩子肯定是在外面遭罪了，要不然不會說出這樣一番話。跟另外一個女兒曹可盈比起來，這個大的更懂事、更讓人心疼。

隔天一大早，水瑤就帶著洛千雪和弟弟、妹妹逛街去了。

幾個人逛到首飾鋪，竟跟春芳不期而遇。

「春芳？妳怎麼也在這裡，來買首飾？」水瑤驚訝地問。

春芳臉上隨即帶了笑。「哎呀，我這不是過來看一看嘛，要過年了，想買點禮物送給我們姨奶奶。我們這些做下人的，買不起貴重的，便宜的也怕姨奶奶瞧不上，這不，大夥兒湊了點銀子，讓我過來看看有沒有適合的飾物，正巧你們也過來買首飾，咱們可以互相參謀一下。」

於是水瑤幾人便在首飾店裡待了一會兒，後來聽說水瑤他們還要去別的地方逛逛，春芳就沒繼續跟著他們了。

難得能出來一次，他們也不急著回去，悠閒地在外面逛著，水瑤還順便帶洛千雪去看安老大夫，讓老爺子再給她娘開點藥。

「不錯不錯，恢復得挺好的。夫人，以後遇到什麼事得想開一點，不為別的，就為了孩子也得打起精神來，況且有水瑤這孩子在，妳還愁啥啊？這日子沒男人咱們不還照樣過啊！」

水瑤在一旁追問了一句。「是不是我娘保持心情愉快，這病根就差不多能除了？」

安老大夫點點頭。「是這個道理，反正妳娘那邊住得偏僻，也沒人來打擾，沒事種種花、養養草也挺好的。」

水瑤一打響指。「您老還真是說到點子上了，那地方還真的就空了一塊花園出來呢！有活幹了，我娘自然就沒時間瞎想，一會兒我們就去買種子回來。」

在外面晃了晃，水瑤幾人一回到曹家，就感覺家裡好像熱鬧許多，院子裡到處是跑來鬧去的孩子。

「姊，他們都回來了……」

雲綺這句話，後面的人也都明白是怎麼回事了。

水瑤苦笑了一聲，看來曹家那些送出去的孫男娣女都接回來了，以後這家可有得鬧了。

雲綺突然拉著雲崢躲到水瑤身邊。

「這是怎麼了？」水瑤感覺妹妹的情緒不大對，雲崢也納悶，走得好好的，妹妹拉他回來做什麼？

「姊，那……那就是那女人生的孩子……」

順著雲綺手指的方向看去，只見那頭有兩個女孩和一個男孩，其中一個女孩水瑤曾見過，就是在山腳下遇到的那個毛病挺多的孩子。

雲綺怯生生地道：「姊，那兩個是那女人生的，他們很厲害的，妳要小心，千萬別惹到她，上一次就是她推我下去的……」

這時曹可盈也看見他們了，笑著開口。「喲，看門的，你們都是怎麼回事，怎麼街上的阿貓阿狗都能放進來，難不成咱們曹家已經淪落到什麼東西都能進來了？」

水瑤冷哼了一聲，看來她已經知道他們是誰了，難怪妹妹會被她害得掉進水裡，就這德行，根本就是欠揍！

「他們是我哥我姊，才不是什麼隨便的人呢！」這話雲綺不愛聽，即便害怕這個曹可盈，她還是勇敢地走出來護在水瑤跟前。

雲崢怒道：「讓開，好狗不擋道！」

「嘿，睜大你的狗眼看看我是誰，你這長幼不分的狗東西，我就代替爹好好教訓你！」曹可盈氣勢洶洶地朝雲崢衝了過來，伸手就要揮去。

啪、啪！

突如其來的兩個巴掌，徹底把曹可盈打懵了。

「放肆，妳姨娘就是這麼教妳規矩的？行為如此囂張跋扈，若傳出去，父親的名聲可都讓妳給敗壞了！」水瑤搶先一步甩了兩個巴掌給她。

曹可盈摀著臉，眼裡燃著怒火。之前她還跟娘保證過一定能幫她討回這個臉面，沒想到這一照面就讓人給打了?!

她什麼話都不說，張牙舞爪地朝水瑤衝了過去。

不用徐倩動手，水瑤一腳就踹在她的肚子上。

「水瑤，算了，別跟她一般見識，她還小呢！」洛千雪和小翠也怕事情鬧大，不管怎麼說，自家孩子也動了手，真要論起來，姊妹倆都有錯。

「娘，您別攔著，今天她敢衝上來打姊姊、打弟弟，那以後呢，是不是要上房揭瓦了？」水瑤怒道。

院子裡這一鬧開，不管是齊淑玉還是家裡的其他人，都紛紛跑過來瞧熱鬧。

齊淑玉見閨女好不容易回來了，竟還讓這小兔崽子欺負，立刻朝水瑤奔過去，沒想到卻被洛千雪攔住了。

「妳敢動一下手試試，小心我劃花妳的臉。」別看洛千雪平時悶不吭聲的，一旦發怒了，別說是齊淑玉，估計就是男人也未必能攔得住。

「住手，都幹什麼呢！」

老爺子和老太太是一起過來的，看到這場面，曹振邦氣得直跺腳，老太太則連連嘆氣。

「都跟我進屋去，這裡那麼多下人，你們還有點主子的自覺嗎？」

洛千雪也一起到老太太的屋子，這還是她頭一次過來呢。

老太太一拍几案。「說，這到底是怎麼一回事？」

齊淑玉率先開口說她的理，水瑤則一言不發，就等著她和曹可盈說完。

「這顛倒是非的能力真是爐火純青啊！祖母，事情是這樣的……」輪到水瑤說時，她也沒加油添醋。「您要是不信，可以讓守門的那幾個人來作證，不過我估計他們礙於齊姨娘的身分，不敢說真話。」

水瑤頓了頓，又道：「按理說今天這事不應該，但曹可盈非要動手，我這個做姊姊的若不出手教訓，難不成要看著她以大欺小、辱罵姊姊？規矩不是說給人聽的，要求別人做的時候，也要反省一下自己是否做到了！」

「胡鬧，跪下！」曹振邦一拍桌子，嚇得齊淑玉趕緊拉著閨女跪下，水瑤也不慌不忙地跪下來。

「妳們是姊妹，不管是什麼原因，妳們都有錯。回頭罰妳們面壁思過，禁足三天。還有妳，老三媳婦，妳一個堂堂的官老爺夫人，擺出一副市井潑婦的模樣，成何體統？這要是傳出去，老三的臉面往哪裡擱？妳齊家的臉面往哪裡放？不知道底細的人還以為妳容不下前妻生的孩子，罰妳回去抄寫佛經，好好的修修身、養養性。」曹振邦常年在外，幾乎沒看過這種場面，他這也是震驚了。

老太太看著在場的人，慢悠悠地開口。「老爺罰妳們，可有什麼意見？」

水瑤搖搖頭。「我認罰。」

曹可盈張嘴想辯駁，卻被齊淑玉拉住，小姑娘這才不情不願的回道：「我也沒意見。」

老太太接著開口。「水瑤有錯不假，她的錯是選擇的方式不對。但是可盈呢，妳從小在曹家長大，先生和家裡的人就是這麼教妳不分長幼，說打就打，說罵就罵？」

曹可盈這回可不敢回嘴了。「奶奶，我錯了，以後我再也不敢了，我也是氣糊塗了才會這樣，以後肯定不會了。」

老太太長嘆一口氣。

「妳啊，也是我看著長大的，都是我的孫子、孫女，哪一個我都心疼，以後要相親相愛，如果再出現這樣的情況，可別怪我這個祖母不顧情面。」

說罷，老太太長嘆一口氣，揮揮手。「好了，都起來吧，累了一天，回去吧。」

雲崢邊走邊握緊自己的小手，那個女人還有她生的孩子已經不能用囂張來形容了，她們眼裡根本就沒有他們，尤其是對姊姊這個長姊。

徐倩在一旁提醒了句。

「今天吃了這麼大的虧，我估計那女人肯定不會就這麼善罷甘休，也不知道下一步會耍什麼陰謀詭計……」

水瑤搖搖頭。「暫時應該不會，現在我們一旦發生事情，大家都會懷疑是她做的，至於曹可盈，我估計也會消停個幾天。現在要注意的是那個曹可欣，齊淑玉這人畢竟在齊家混過，有些彎彎繞繞比咱們明白。」

她又何嘗不明白呢？庶女往往就是主母利用的工具，所以她才會提醒要注意曹可欣。

徐倩笑道：「放心吧，這邊有我盯著，他們不敢怎麼樣。若論動武，咱們可不怕！」

水瑤笑笑。「這些都是暫時的，等雲崢他們羽翼豐滿了，我就不用那麼費心思了。從現在開始，妳每天教雲崢和雲綺鍛鍊身體，等馬鵬來了再接著教。」

別人再有本事，那也是別人的，能保護一時可保護不了一世，她活著回來，就是希望弟弟妹妹能平安長大，學點本事至少可以防身。

雲崢是最樂意學的，就連膽小的雲綺也出乎水瑤的預料，竟跟雲崢同一個態度。

「我要學本事，這樣以後就沒人敢欺負娘和咱們了！」

# 第五十一章

老太太房裡，曹雲鵬一臉陰沈地走進來。

老太太瞧兒子神色不對，問道：「怎麼了？誰惹你了？」

曹雲鵬一屁股坐下來。「有人向皇上打小報告，說我故意握著藥方，等疫情蔓延了才上交。娘，您說我是這種人嗎？那藥方總歸要檢驗一下，否則誰敢用？」

老太太疑惑的看向兒子。「皇上不是都嘉獎了，怎麼還會出這樣的事？」

曹雲鵬唉聲嘆氣。「就是因為嘉獎了，才讓一些人心裡不舒服。您想啊，有獎勵肯定就有懲罰，有些地方懈怠了，自然就會生出嫉恨和怨氣。」

一旁的曹振邦最關心的是這打小報告的人會不會影響兒子的前程。

曹雲鵬道：「應該不會太嚴重，皇上總不能出爾反爾吧！反正我是盡力了，大家都有目共睹，不過我岳父這次好像被人告了，暫時避風頭去了。」

老太太沒吭聲。齊家的事，她也不好說，就是擔心會連累到兒子，老三走到今天不容易。

「算了，也別想那麼多，這段日子讓你媳婦老實待在家裡，齊家那頭先少回去為妙。」

曹振邦抬頭看著兒子。「對了，我聽說你滿城的買棉花，這是怎麼回事？」

他是出去跟朋友喝茶時聽了這麼一嘴，並不清楚中間是怎麼回事，兒子也沒說。

曹雲鵬便把齊淑玉以及齊仲平牽線趙家的事跟父母說了。「……他們都找上門來了，我岳父那邊也發話了，我不能不幫。」

曹雲鵬不清楚，可不見得曹家老爺子不明白。「你一個當官的，摻和這事幹麼？不知道底細的人還以為你橫徵暴斂或是有其他目的，若讓有心人知道了，你這又是一條罪。你這孩子怎麼就不動動腦筋，當了幾年官，怎麼還沒看明白？總之這事你別再管了，讓齊家自己處理。」

老太太一臉擔憂的看向父子二人。「老三，聽你爹的，雖說這是生意上的事，可背後卻牽涉到軍隊，你可不能馬虎了，一旦趙家違約，這事可就大了。」

老太太雖然沒當過官，可這種基本道理她也懂。「這個齊淑玉也真是的，難道她不知道什麼叫遠近親疏？把自己男人扯進去，她能落到什麼好？」

曹振邦想到今天發生的事，便一併跟兒子說了。「你這媳婦最近真是讓人不省心，連個鄉野的村婦都不如，好歹洛千雪還護著孩子，可她呢？自己的閨女張牙舞爪的，她不管，光想著自己吃虧了！」

曹雲鵬一聽，騰地一聲站了起來。「這娘們簡直無法無天了，連個孩子都不放過，我回去看看——」

「坐下！」曹振邦一聲暴喝，讓曹雲鵬頓住。「跟你說這事，不是讓你回去鬧，這女人啊，你得慢慢調教，你看看你這脾氣，聽風就是雨，我這麼說就是要讓你心裡明白點，不管是親戚還是朋友，做事都得有分寸。」

曹振邦夫妻倆現在可真的不大放心這個兒子，雖然孩子都生了，但這性子還需要磨。曹雲鵬現在哪裡聽得進去，他是擔心啊，大閨女雖然沒吃虧，可就怕這丫頭有什麼別的想法。

雖說都是自己的孩子，手心手背都是肉，可在曹雲鵬心裡，他更看重長女的想法。他並沒有把水瑤當成一個孩子，因為他清楚不能用長輩的身分來壓她，且他也壓不住，父女兩人更像是朋友，凡事有商有量。

因為有父母的勸告，曹雲鵬在收棉花這事上並沒有再繼續幫忙。果然就如曹振邦所說的，趙家即便動用了所有關係，最終還是沒能在預定的日子交貨。

由於這批棉衣牽涉甚廣，雖然齊仲平在中間幫忙斡旋，可有徐五和尹士成這兩個變數在，付出的代價比他們想像的要大得多。

水瑤起初並不知情，在看到徐五來信時才知道事情的經過。

「呵呵，趙家也有今天啊，不過才剛開始呢，等著吧！」

水瑤抑制不住內心的激動，畢竟有些事不是她刻意想忘就能忘得了，上天難得給了她一次重活的機會，若不好好把握，實在太對不起自己了。

「姊，徐大哥說什麼了？」姊弟倆患難與共，有些事雲綺不懂，可雲崢不同，這小傢伙比同齡的孩子早熟多了，自然好奇。

水遙把信遞給了弟弟。「你看看，這次徐大哥幹得漂亮，沒想到咱們賺了銀子也坑了敵人。」

雲崢一看就明白了。「那這事對爹會不會有影響？」

水瑤搖搖頭。「應該不會，趙家和曹家的生意往來不是很頻繁，且爹只是他的一個遠房親戚，這中間爹也沒參與多少。就是齊家恐怕也不會受到多大的懲罰，雖說齊家是牽線人，可這合約主要還是趙家跟對方簽的。」

雲崢嘆口氣，踢著桌腳。「姊，妳說以前在家裡多好啊，雖然吃的沒這裡好，可是至少感覺舒服啊，在這裡做什麼都要小心翼翼的。」

對於弟弟說的這些，水瑤當然有同感，她摸摸雲崢的小腦袋。「習慣就好了，就當是你的人生歷練吧！見慣了陰謀詭計，這樣以後也不容易被人騙到了，你說是不是？」

正如水瑤所猜測的，李大傳來給她的信上說，齊仲平雖然有點小麻煩，可人家畢竟混跡官場多年，解決這事就如小菜一碟。

倒是曹振邦他們心裡暗自捏了一把冷汗。

「幸虧讓老三罷手了，不然就衝著之前有人告狀，再加上這事，說不準就是大事了，這齊家的親戚可真是麻煩精。」曹振邦現在覺得這齊家也許還是少沾為妙。

老太太深有同感，當初想借勢，可是這勢借完了，麻煩立刻就冒出來。她剛想開口感嘆一句，管家卻在這時衝了進來，連稟報都忘了說。

「老爺，出大事了！」

曹振邦怒斥道：「你都當那麼多年的管家，怎麼連規矩都忘了，什麼事值得你這樣大驚小怪的？」

誰知看完管家遞過來的信，連曹振邦都傻住了。

老太太在一旁看自家老頭的手在顫抖，心裡不免著急。「你倒是說話啊，到底怎麼了？管家你說，怎麼回事？」

管家哆哆嗦嗦地道：「剛、剛才收到信，上頭說大少爺被人給劫持了，這就是他們送來的信……」

老太太聽罷，一把搶過曹振邦手裡的信，邊看邊捶胸頓足。「我的兒啊——」

曹振邦回過神來，大喝一聲。「哭什麼哭，為今之計是趕緊想辦法救出兒子！他們不是要傳家寶嗎？咱們就給他，反正那東西咱們留著也沒用——」

說到後來，曹振邦都有些無力了。傳家寶都傳多少代了，雖然不知道這東西究竟什麼時候能派上用場，可兒子在人家手裡，如果不換，小命可就不保了。

老太太張了張口，還沒說出話，身體突然一歪，幸好身邊的曹振邦扶了一把，不然非得摔倒在地上。

「來人，快去喊大夫！」曹振邦命令道。

老太太倒下的消息很快就傳遍了曹家內宅，眾人紛紛跑來探望，不過他們更想知道的是，老太太為什麼會變成這樣？

「什麼？你說老大被人綁票了？」

乍聽這一消息，不管女人還是男人都嚇了一跳，尤其是三老太爺曹振坤，根本就不敢相信這事是真的。

「這……這好好的怎麼就被人給綁票了？那些護衛都是幹什麼吃的？大哥，我們得趕緊想辦法救人啊，這都馬上要過年了！」

「那咱們一年的利潤豈不是都要沒了？」二老太爺曹振宇驚呼。年底了，大姪子要往家裡運錢呢，這人被劫了，那銀子不就沒影了？

看大家用異樣的眼光看著自己，曹振宇這才意識到剛才說錯話了。

「大哥，我沒別的意思，我是想對方是不是看上大姪子運回來的銀子，若是這樣，咱們也不要那銀子了，只要大姪子平安回來就好。」

曹振坤冷哼了一聲。「二哥，現在不是銀子不銀子的問題，咱們得保住雲祖的安全，他還有一大家子呢，姪媳婦的病也還沒好，要是知道這事，還不急瘋了？」

站在邊上的戚氏聽到小叔這話，不由得摀住嘴，一臉驚慌。

這時外面傳來丫鬟著急的聲音。「不好了，大奶奶吐血了！」

接著就見龔玉芬身邊的大丫鬟芍藥哭哭啼啼地跑了進來。「老太爺，快救救我們家老爺吧！夫人聽到老爺出事，一口血噴了出來，人已經昏迷了——」

曹振邦本就因為兒子被劫持的事情心裡煩躁，聽說兒媳婦也出了狀況，這火氣自然就大了。「快去找大夫啊！到底是誰這麼大嘴巴，連這事都跟老大媳婦說?!」

四老太太董氏白了戚氏一眼，嘟囔道：「還不是我二嫂，就她嘴巴大，這事能跟姪媳婦說嗎，沒事跟著瞎摻和啥啊……」

戚氏一看事情露餡了，忙替自己辯解。「我、我這不也是好心嘛？一人計短，兩人計長，我想說還有龔家，大夥兒一起想辦法，不還比咱們自己瞎撞強啊……」

曹振邦氣得青筋暴跳，大掌用力一拍桌子，那聲音連在場的幾個兄弟都嚇了一跳。

「妳這娘們的腦袋是被驢踢了不成？這事能跟老大媳婦說嗎？龔家就有辦法了？妳這是幫人還是害人啊，娘們家家的，真是頭髮長、見識短，快滾下去，懶得理妳們！」

要不是她是兄弟的媳婦，他非一巴掌抽死她不可。本來家裡就亂，現在不用別人來搗亂，自家人就先亂了套。

戚氏也被曹振邦這氣勢嚇到了，估計自己現在說什麼都得挨訓，她還是乖乖去安慰姪媳婦吧。

曹振宇瞪了自家老婆一眼。「磨蹭什麼，還不快去！大哥，你別生氣，這事發火也沒用，對方到底提了什麼，要咱們掏銀子還是怎麼著？」

說起這事，曹振邦就一陣心煩。「你們也都知道祖上傳下來個寶貝吧？」

# 第五十二章

哥幾個一起點點頭。

當初按照祖上規矩傳給大房的時候，他們也只看到一個灰不溜丟的東西，就算是用金子打造的，那也值不了幾個銀子，看起來這東西沒啥用處，於是大夥兒也逐漸淡忘這事，更別說是放在心上了。

曹振坤率先道：「啊，那個東西啊？你說那東西當不得吃、當不得喝的，留著也沒用，就只有老祖宗把那個東西當成寶貝，他們想要就拿去唄！只要咱大姪子平安無事比什麼都強，你們說呢？」

曹振坤都開口了，另外兩個人也不好乾坐著。「是啊，大哥，老三說得對，留著也沒用，那就給他們，換雲祖回來，這買賣適合。」

曹振邦嘆口氣，這裡面的秘密只有他和老婆子明白，還真的無法跟哥幾個說。「唉，你們當我不想啊？可老祖宗傳下話了，這東西也不屬於咱們家，等真正的主人出現，咱們再交給他，你說人家以後真找上門來了，咱們拿什麼給人家？」

當水瑤知道這個消息的時候，曹振邦他們這邊還沒拿個主意出來，大家雖然意見一致要救人，可老太太卻在這時候跳出來反對他們這麼做。

「我奶奶說什麼了？」水瑤問。

「老太太說，這東西不能給，如果他們一直不給，至少還能保證兒子的安全，所以這事就這麼僵持著。唉，我真不明白妳祖母是怎麼想的，那可是她的親兒子，怎麼到這時候還死守著一個東西不放？那東西再珍貴，也比不上親生兒子來得重要啊！」徐倩是外人，只能發表一下自己的看法，不過她不明白，不代表水瑤不懂。

「其實我祖母這麼做，心裡最難受的是她，她是一個母親，兒子是她親生的，怕是讓她用命去換，她都不會猶豫。至於這個寶貝，她說得也沒錯，那些人只要東西沒到手，就不會那麼快取我大伯的命，可一旦拿到他們想要的東西，那可就不好說了。」

因為家裡出事的緣故，水瑤他們這些孩子都被勒令留在家裡，所以這兩天他們都待在屋子裡，哪兒也不能去。

既然知道老太太身體不好，水瑤打算過去看看，不管這祖母如何，以後她若要好好在這個家待著，討好一下祖母還是必須的。

「翠姨，糕點做好了嗎？」水瑤問。

「好了好了，剛出鍋呢，熱呼呼的！妳這時候帶糕點過去正好，聽說不少人過去探望都被老太太拒於門外，可老太太對妳好像有些不同。」

水瑤苦笑一聲。「有什麼不同啊，我也是她眾多孫女中的一個，只是我經歷過太多事，想法或許跟別人不一樣。」

這兩天發生的事，水瑤不是沒想過。洛家傳家寶、江家傳家寶，這邊又冒出曹家傳家寶，而且對方還指定就要這曹家傳家寶，她可不認為這事就這麼簡單。興許這其中有什麼關聯，說不定真的就跟書上所寫那樣，這三家都跟那筆寶藏有關係。

「姊、翠姨，有吃的東西嗎？」雲綺和雲崢一頭汗地跑進來，兄妹倆一整個早上都在自我鍛鍊，這會兒肚子正餓著。

「早就給你們準備好了！」水瑤笑道，將汗巾遞給他們擦擦臉。「快點吃，姊帶你們去看祖母。」

當老太太聽說水瑤他們三個孩子來探望她，破天荒地沒趕人走，反而讓丫鬟帶他們進去。

水瑤把帶來的點心拿給老太太嚐嚐。「祖母，不管有什麼事，您都得想開一點，您要是倒下了，大伯該怎麼辦？」

老太太長嘆一口氣。「我也想往好的方面想，可妳大伯已經在人家手上了，我能怎麼辦？妳還小，不懂這當娘的心，就想著人能夠平平安安的回來就好，哪怕是讓我立刻死去換妳大伯的平安，我都願意……」

許是憋得難受，又或許是覺得姊弟三個再懂事也還是孩子，至少沒什麼壞心眼，也不會動什麼歪腦筋，老太太難得跟水瑤說了許多。

「……妳說我能怎麼辦？給是錯，不給也是錯，我滿腦子都快成漿糊了。那些人不理解，可是誰生的孩子誰心疼啊——」

水瑤猶豫了一下道：「祖母，對方知道那東西長什麼樣子嗎？我猜既然是家裡祖傳的，他們也未必知道得那般詳細，既然如此，那為什麼不仿造一個？反正對方也不知道真的長什麼樣子。」

水瑤的一番話，無意中為老太太開了一扇窗。老太太激動地一拍手。「對呀，我怎麼就沒想到呢！好孩子，祖母真是沒看錯妳！」

說罷老太太就要起身，卻被水瑤攔住了。「祖母，這事不急在一時，您想想，那些人既然能派人把信送過來，怕是盯上曹家，您說您現在讓誰去仿造？別假的沒做成，真的反而讓人給弄走了。還有，您打算讓誰去送這東西？」

人老精，馬老滑，水瑤僅是點到為止，她相信老太太明白這其中的道理。

「奶奶，您嚐嚐，味道很好。」雲崢適時把點心遞到老太太的嘴邊。

孩子那純真的笑顏，讓老太太眼睛頓時濕潤。「好孩子，你們也吃。來，雲綺、雲崢都吃點。」

這會兒老太太也覺得肚子有些餓了，跟雲崢、雲綺三人把一盤點心吃了個精光。

有兩個小孫子陪伴，老太太覺得自己胃口大開。「這吃東西啊，還是人多才好吃！雲崢、雲綺，以後沒事就過來陪祖母坐坐。」

老太太從沒有像現在這麼清醒過，接這個孫女回來是對的，幸虧當初沒犯糊塗。她打發雲綺和雲崢到外面去玩，這才轉過頭來跟水瑤談正事。

「丫頭，奶奶知道妳是個有成算的孩子，能找來曹家，想必妳也有一套，如果真像妳說的那樣，恐怕也就只有妳一個孩子，對方才不會放在心上，所以妳能不能想辦法找人做一個假的出來？」

這事水瑤一時之間還真不好回答，一旦把真的弄丟，她根本無法交代。

聽到水瑤的擔憂，老太太想出一個新的辦法。「不然讓妳認識的人進來做，這樣不就穩妥了？妳有熟識這方面的人嗎？」

水瑤無法立刻回答。「祖母，要不我回頭問一下，要是真有，我讓他來，就在您跟前做，這樣您放心，我也不用擔心了，您說呢？」

其實她知道誰會做這個，徐倩就有這個本事，這還是徐倩跟她聊天時無意間說起的，不過現在她不能立刻答應，不然就顯得太刻意了。

其實她也想知道這個傳家寶究竟是何物，跟那批寶藏有沒有關係？

水瑤一回去，立刻跟徐倩提起這事。

「行，沒問題，這對我來說根本是小菜一碟，就不知道那東西是用什麼材料做的？如果太珍貴，那可不好弄，回頭讓我看一眼，其他的妳就不用操心了。」

幾天後，柴秋桐帶著孩子過來找水瑤他們玩。

家裡的孩子都回來了，可水瑤也只見過曹雲鵬那三個孩子，其他的還沒見過。

「二伯母，您可是稀客，快進屋坐。」水瑤笑道。

柴秋桐領著女兒和兒子給水瑤介紹。「來來來，這是妳二哥曹永澤，這個是妳四姊曹燕琳，雖然跟妳同歲，但比妳大一個月。」

接著她又轉頭對兒子和女兒介紹。「這兩個孩子是水瑤和雲崢，以後都是兄弟姊妹，要互相照顧。他們還小，你們大的要多幫襯弟弟妹妹。」

曹燕琳歪著腦袋，好奇地上下打量水瑤和雲崢，那熱切的眼神連水瑤都有些承受不住，更別說是雲崢了。

「你們就是失蹤的那兩個弟弟妹妹啊？你們可真是命大，我還以為這輩子都無緣跟你們見面了呢！嘿嘿，這下好了，以後我可以找你們玩了！」曹燕琳心無城府地笑道。

水瑤對眼前這個可愛又直率的小姑娘第一印象不錯，自然不做作，加上妹妹也沒少跟她說過曹燕琳幫她的事。

「二哥、四姊，你們好！」

水瑤都開口了，雲崢也跟著喊人。

柴秋桐看水瑤這態度，心下滿意。這孩子是個識大體的，她就怕因為曹可盈的關係，讓水瑤對家裡的兄弟姊妹起了厭煩之心。

「丫頭，妳過來一下。」柴秋桐突然道。

到了裡屋，只剩她們兩個人後，柴秋桐也不跟水瑤拐彎了。

「妳祖母跟妳說的事，妳有譜了嗎？這事挺急的，妳大伯那頭可等著救命呢！」

就這一句話，水瑤心裡頓時就明白，恐怕這二房才是老太太最看重的吧！

其實仔細想想也是，老大做生意，老三曹雲鵬是個當官的，而老二看似沒出息，可也是最佳人選。

老太太和老爺子總有歸天的時候，到時這傳家寶最穩妥的去處恐怕就是二伯夫妻倆那裡。在她看來，老太太很有眼光，可惜啊，這中間竟然出現了變故。

她一臉正色，看向柴秋桐。「二伯母，我問過了，徐倩她會做，如此不用從外面找人回來，這樣也更安全一些。徐倩妳帶走吧，該怎麼做，她會聽你們的安排。」

柴秋桐不可置信地驚呼道：「這真是太好了！水瑤，這事二伯母先替妳大伯謝謝妳了，妳大伯母生病了，家裡的事也只能由我暫時代理。唉，其實只要人能平安回來，這個勞什子傳家寶對我們來說並沒有多大的意義。那我先帶徐倩走了，讓妳哥哥姊姊在這裡陪你們玩，有什麼事我再找妳。」

柴秋桐心裡的擔憂在得到水瑤的答覆後全部消失了，她迫不及待地帶著徐倩先行離開。

曹燕琳瞧見了，忍不住道：「唉，妳看看我娘也真是的，怎麼才待一會兒就走了，真沒意思。水瑤，來，咱們一起玩，聽我娘說，你們能活著也是九死一生，這事是真的？」

對於她和雲崢死裡逃生的經歷，水瑤覺得沒必要瞞著，便跟兄妹倆簡單說了一下。

兄妹倆聽得握緊拳頭，一個勁地詛咒那個對他們下手的人。

「事情已經過去了，好在我們都還活著。」水瑤感慨道。

曹燕琳其實挺佩服水瑤這個妹妹的，那些事情聽著容易，可她不是沒腦袋，她都能想像這對姊弟倆遭受了多少苦難才能重回這個家。不看別的，就看雲綺和她娘在曹家的經歷，小姑娘那心早已偏向水瑤他們這邊了。

「妹妹，妳放心，這家裡有我們在，誰也別想欺負妳。就那個曹可盈，以後她要是敢動你們，我們首先不答應！她是什麼東西？欺負完小的再欺負大的，也不看看自己是誰，真當自己是官家小姐了？哼，就她那樣子，以後誰敢娶！」

曹永澤拉拉妹妹的衣袖，這話自家人在屋裡偷偷說就得了，怎麼還跑到這邊來胡說了？

# 第五十三章

水瑤在一旁看到堂哥的小動作，笑著打圓場。「二哥，你別擔心，我不會亂說的，以後你們和咱們常常來往，就會知道我是什麼樣的人了。對了，齊姨娘這兩天都在忙什麼呢，我怎麼看她沒動靜了？」

家裡都出了這麼大的事情，她爹都忙得不見人影，她可不認為齊淑玉這人會整天專心抄寫佛經。

「唉，妳不知道吧，她娘家那頭出了點事情，連三叔都差點讓她給連累了，她現在也只能老實點，要不然就等著挨訓。嘖嘖，聽說趙家……就是三嬸表弟家出事了……」

曹燕琳一開口就有些剎不住車，等到後來她才發覺好像說錯話了，不好意思的摀著嘴巴。「妹妹，我沒別的意思，我喊『她』喊習慣了，我不是故意的……」

水瑤笑著搖搖頭。「有什麼好介意的，按規矩我也得改口，可這改口的事也得等我過了心裡這道坎再說，所以你們想怎麼喊就怎麼喊，不用顧忌我們。」

水瑤在心裡琢磨一件事，在曹家她需要同盟，而二伯家不論是大人還是孩子都還算不錯，這些人如果能跟她同一陣營，那以後辦事也方便多了。

思及此，她隨即開口詢問。「二哥，大哥和大姊現在都在做什麼，我來了也沒看到他們？」

說起哥哥姊姊，曹永澤話就多起來了。

「我姊在我外婆家呢，她要跟我外婆學點東西，我娘說了，我姊年紀大了，快說婆家了，要讓她學點管家的事，以後到婆家也能派上用場。至於我大哥，讀書之餘就跟我爹去店裡學做生意，平時我們也很少能見到他呢！」

不用曹永澤多說，水瑤用腳趾頭都能猜出來，龔玉芬霸著管家權，柴秋桐也不想去惹那個嫌，乾脆把閨女送到娘家去，反正在哪兒不是學，這樣也不會得罪誰。

這天，水瑤和小翠在屋內說話，突然聽到門口有響動。

水瑤盯著門口，很明顯那邊有人，這個人此刻卻不急著進來。

水瑤提高了嗓音。「是誰在外面？」

外面的丫鬟知道水瑤發覺她了，也不耽擱，趕緊推門進來。「小姐，夫人派人來請妳過去一下，人已經等在外面了。」

水瑤瞟了一眼這個叫子秋的小丫鬟，看起來怯生生的，給人一種膽小的感覺，不過她可不會被人的外表所欺騙，到目前為止，這裡的丫鬟都還在考察中。

她道：「我知道了。妳告訴來人，就說我一會兒就過去。」

見小丫鬟出去了，小翠才著急道：「小姐，徐倩不在，妳不能單獨過去，那女人沒有表面上那麼簡單，我陪妳去吧。」
水瑤面沈如水，思量了一會兒道：「不用，她應該還不會耍什麼花招，雖然老太太病了，可二伯母還當著家呢。告訴雲崢和雲綺，讓他們別隨便亂跑就行，我去去就回。」
水瑤帶兩個小丫鬟跟她一起去，這兩人平時表現還算可圈可點。
「呀，水瑤，妳要去哪兒？」曹燕琳迎面走來問道。
水瑤笑道：「那個齊姨娘找我過去，我也不清楚是什麼事。妳是要來找我？」
「可不是，不過正好，我陪妳去。」曹燕琳興奮地挽起水瑤的胳膊，小丫頭也不傻，湊到水瑤耳邊低聲問：「她找妳幹麼，不會是憋著什麼壞心眼吧？妳可當心些，沒有我陪著，妳最好少去她那裡。」
兩人邊走邊聊，很快就到齊淑玉的院子。
「喲，大小姐來了，快進來，夫人正等著呢！」看到曹燕琳，蘭香非常有眼色地給這兩位小姐行禮。
水瑤心裡納悶，但沒說什麼，她們愛怎麼做就怎麼做，就是不知道這葫蘆裡究竟賣的是什麼藥，難不成齊淑玉改變作戰方式了？
「水瑤來了？快過來看看，這都是首飾鋪老闆送來的首飾，妳看看有沒有喜歡的？都快過年了，妳是咱們三房的大小姐，可不能穿得太寒酸了，以後出門訪友會客，怎麼也得有幾身好衣服。來，讓師傅給妳量量身。」

齊淑玉迎過來，拉著水瑤就跟裁縫師傅吩咐，彷彿兩人之前沒發生過磨擦一般，在外人眼裡看來，還會覺得齊淑玉是個好母親。

水瑤起初也因為她這一番做派而愣住，隨即明白是怎麼回事後，臉上帶著一抹意味不明的笑。

「真是難為姨娘這份好心了，正好我還真缺這些東西，不過我沒銀子，這個還得麻煩姨娘付帳了。唉，說來我到曹家後還沒拿過月例呢，也不知道是多少……」

水瑤這番話，讓幾個外人心裡犯嘀咕。敢情人家孩子來了，都沒給過零花錢？

齊淑玉臉上的笑容有些僵硬。「呵呵，瞧妳說的，我是你們的母親，這些都是我這個做母親的該給你們準備的，說什麼銀子不銀子，那不是太見外了嗎？妳快看看這些首飾妳喜歡什麼，只要妳喜歡，咱們就買。」

水瑤可不管齊淑玉是怎麼想的，她難得大方了一回，若是不要，豈不顯得自己小家子氣了？估計那些師傅肯定也覺得她這個人不識好歹。

於是她大大方方的挑選起首飾來，曹燕琳也搞不懂這個平時愛計較的三嬸今天是不是吃錯藥了，之前這兩人還鬧得不開心呢，現在這是什麼狀況？

「三嬸，要不要喊可盈一起來選啊？」

曹燕琳想著既然搞不清楚目的，那就拉曹可盈過來作陪，就算有陰謀，齊淑玉怎麼也不會害自己的親閨女。

「呵呵，等水瑤挑選完了，再讓她選，怎麼說水瑤也是三房的老大，這做大姊的沒選好，她們當妹妹的怎麼能跑到大姊前頭，要不然這家裡豈不是沒了規矩。」

齊淑玉話是這麼說，可看水瑤淨挑那些貴的，眼睛不由得抽了抽。心疼啊！她還沒捨得給自家閨女買呢，這死丫頭等著，以為她的東西是白拿的？以後有讓她吐出來的時候！

水瑤指著手邊放著的幾件首飾。

「就這些吧，選多了我怕姨娘心疼。」

看著水瑤滿是笑意的臉蛋，齊淑玉差點沒忍住撲上去撕掉她的臉皮。在她心裡，水瑤和洛千雪都是同一種貨色，母女倆就是靠著這張狐媚臉籠絡人心，要不然老太太怎麼會突然心向著她？

齊淑玉一直找不到老太太態度轉變的原因，之前老太太多嫌棄洛千雪啊，可自從這丫頭來了，家裡的風向就變了，而且看樣子所有人都挺喜歡跟水瑤親近，她怎麼就沒看出這丫頭有什麼本事？

想到這裡，她嘴角噙了一抹詭異的笑，不過隨即又肉疼，這代價也太大了。

「只要妳喜歡就成，咱們家雖然不是什麼大富大貴之家，不過給閨女置辦點首飾還是行的，妳就拿著吧。至於衣服，我就做主替你們選了，反正雲綺的尺寸我這邊有，妳已經是大閨女了，衣服不能隨便，出去可代表我們曹家的臉面。

「對了，這些胭脂水粉也選幾盒吧，到了年紀，也該學學怎麼打扮，否則不知道底細的人還以為我這個當娘的虧待了妳，唉，繼母難當啊！」

「難當嗎？我怎麼感覺某些人恨不得削尖了腦袋要當繼母呢？」對齊淑玉的感慨，水瑤一聳肩，似笑非笑。「這些首飾謝謝了，我走了。」

水瑤拿起那些首飾，拉著曹燕琳朝齊淑玉揮揮手，留下幾位目瞪口呆的師傅揚長而去。

「這、這倒楣孩子，都是跟誰學的這個臭毛病！」齊淑玉終於忍不住罵道，突然想起屋裡還有別人，趕緊堆起笑容解釋。「你們看看，哪有這樣當人子女的，你看她那副囂張的樣子，以後誰敢要她？」

幾個人跟著附和，心裡卻不是這麼想的，但人家好歹是官夫人，寧可得罪君子，也不能得罪小人，尤其是眼前這位，萬一弄不好，以後少了生意不說，保不齊連生意都不能做了。

「唉，現在孩子還小，也不在夫人跟前，長大就好了。夫人，您先選布料吧，樣品我可都拿來了。」賣首飾的老闆倒是挺感謝水瑤，看看人家這眼光，每一件都不便宜，以後要是碰到這樣的客人，他還不得發財了？

他暗喜的同時，也沒忘記跟齊淑玉寒暄，眼前這位可是金主，不能得罪。

齊淑玉長嘆一口氣，優雅地坐下來喝了一口茶。「我是知府老爺的夫人，可不能眼睜睜的看著孩子長偏，這知道底細的人明白這個繼女難教，不知道底細的人還以為我這個繼母苛待她了。唉，讓你們看笑話了……」

水瑤雖然沒在現場，可也能猜到她們離開後齊淑玉會說些什麼。

雲崢得知水瑤去了齊淑玉那邊後，立刻就坐不住了，學堂的課也不上了，拉著妹妹就往外跑。

他擔心啊，萬一來不及，姊姊讓人害了可怎麼辦？在小傢伙的心裡，齊淑玉就是洪水猛獸，跟她打交道準沒好處。

水瑤一把抱住撲過來的弟弟和妹妹。「沒事，姊姊好著呢！你們看，姊姊還拿首飾回來了呢！對了，你們兩個怎麼沒去學堂，姊姊可不允許你們耽誤了功課啊。」

安慰歸安慰，這該教育的還是得教育，不然沒事就往外跑，那還學什麼本事？

雲崢不好意思地嘿嘿笑道：「姊，我們這不是擔心妳嘛！我這就帶雲綺回去，中午咱們一起吃飯。」

還沒等水瑤說什麼，兩個小傢伙又跑遠了。

這場景讓曹燕琳羨慕得眼睛都快冒星星了。「水瑤，妳看看妳多幸福，有這麼兩個雙胞胎弟妹多好！」

水瑤笑笑。「好是好，可是也操心啊！我娘的身體並沒有完全恢復，妳說我這個做長姊的不多看顧一點，萬一發生什麼事，我不就後悔一輩子？」

剛說完，她就看到徐倩一臉疲憊地走來，身邊跟著柴秋桐，兩人邊走邊聊，看二伯母那樣子，雖然面上不顯，可眼神裡的喜色還是能看出來的。

「娘！」曹燕琳看到自家娘親，開心地跑過去。她這兩天都沒怎麼見到自家娘親，說是忙，可她也不知道娘都在忙什麼。

水瑤看娘兩個親熱地聊著，朝徐倩走過去，低聲問道：「怎麼樣，完工了？」

徐倩點頭，給她一個放心的眼神。「咱們回去說。」

接著她轉頭對柴秋桐道：「二夫人，那我跟小姐先回去了。」

# 第五十四章

娘親來了，曹燕琳也不急著去水瑤那邊，這樣方便水瑤和徐倩說悄悄話。

「小姐，那東西我拿到手了。」徐倩這句話，差點沒把水瑤嚇得一趔趄。

她瞪著漂亮的大眼睛，不可思議地看著徐倩。「妳、妳的意思是說，妳做了兩個假的，把真的拿過來了？」

徐倩一臉得意的點頭。「嗯，我做的幾可亂真，她們都沒發現。一個假的給他們贖人用，另一個假的就拿來調換真的傳家寶，我想外面的人未必就知道這東西怎麼用，如果讓真的流落到外面去，會出大事的。」

徐倩這番話把水瑤給弄愣了，她上下打量著這個跟自己相處這麼久的人，不大敢相信自己剛才的猜測。

她轉身出去察看一番，然後關上門，拉著徐倩進了內室，壓低聲音問道：「妳跟我老實說，妳到底是什麼人，你們家到底是怎麼回事？」

因為是徐五帶回來的人，所以水瑤並沒有懷疑她和馬鵬的身分，現在看徐倩，怎麼都覺得有些可疑。

看水瑤的樣子，徐倩撲通一聲跪在地上，眼淚頓時湧了出來。「小姐，之前跟妳說過，我們家的人都去了，其實就是因為這東西，聽說那些人找的也是什麼傳家寶，可我們家根本就跟這個沒關係，我不希望這樣的悲劇繼續上演，而且聽說這寶藏的事情私下也有不少人在打聽，我就想這東西不如握在咱們手上，最起碼有它在手，他們不敢輕易下手。」

徐倩說著，把調換來的傳家寶真品拿了出來。只見它通體烏黑，外表像個哨子，可水瑤不會天真地認為這東西就是哨子。

看到這東西，她就想起脖子上戴的傳家寶，兩者顏色很像，讓她不想承認都不行，恐怕洛家也是其中一家。

她拿過那東西，仔細打量一番，不得其解。「這到底有什麼功用，不就是這個似鐵非鐵的東西，能藏什麼？」

徐倩搖搖頭。「這東西根本就打不開，我也不知。反正我手裡有現成的材料，直接就做了兩個，順便把它弄舊了，除非他們有火眼金睛，否則一般人完全看不出真假。這東西妳收好，有它在手，如果曹家人為難妳，也能當作依仗。」

水瑤知道徐倩也是一片好心，可這東西拿在手裡，也是個燙手山芋，讓她拿不是，不拿也不是。

「唉，這畢竟是曹家的東西，放在我手裡名不正言不順的，況且還是這樣掉包出來的。算了吧，我先收著。」

徐倩道：「小姐，這東西可得收好了，以後這事只有妳知我知天知地知，不到萬不得已的時候別拿出來，就這破東西，多少家庭因它而遭滅門，唉，我現在都恨不得把凶手千刀萬剮。」

水瑤扶起徐倩。「妳啊，別想那麼多，趕緊回去睡一覺，有什麼事咱們回頭再說。」

打發走徐倩，水瑤拿著那東西在手裡擺弄著，突然脖子上的護身符開始發熱，水瑤摸著護身符，自言自語道：「你也別著急，你再這麼熱下去，我都要受不了了，我知道你們都是同宗，放心吧，我就讓你們一起作伴。」

水瑤看手上這東西有一個孔，便找條繩子穿起來戴在脖子上，畢竟放在哪裡都不如放在自己身上最安全。

只是她不知道的是，護身符裡那隻隱隱約約的龍好像突然活起來一般，格外興奮。

水瑤此刻覺得有些疲累，便把帶回來的那些首飾直接扔到匣子裡，接著躺在床上，暗自琢磨齊淑玉的事情。

不知不覺，她就睡著了。

如果此刻水瑤身邊有人，一定會被眼前的場景給嚇懵，睡著的水瑤好像籠罩在一片光霧中，而那個被她戴在脖子上的哨子像是變成了流星一般，突然鑽進了她自己的護身符裡，烏突突的顏色此刻也稍微有了些變化，但是睡著的水瑤根本就不知道這些，這時候她正在作夢呢……

「姊、姊！」

雲崢和雲綺下學了，迫不及待地跑過來，看到水瑤的屋門緊閉，還以為出了大事，使勁地拍著門。

正在回味夢中情景的水瑤不得不起身給他們兩個開門。

雲崢像個小炮彈似的衝進來，上下打量她一眼，急切地問道：「姊，妳沒事吧？」

水瑤很少在大白天睡覺，所以雲崢才很著急。

水瑤撓撓頭。「沒啥事，就是小睡了一會兒。走，姊帶你們陪娘親吃飯去。」

雲綺往屋裡看了一眼，眼神有些熱切。「姊，妳都帶什麼東西回來？」

水瑤想起答應給妹妹的首飾，笑咪咪地過去打開匣子。「來，妳過來選，雖然這些不是金銀，但給小姑娘戴也很好，妳可別小瞧了這些，這比金銀都值錢呢！」

雲綺看中了一只手鐲，是用珍珠鑲嵌的，戴在手上顯得格外好看。

「姊，我就要這個，其他的都給妳。」

水瑤又拿出一對翡翠耳墜。「這個給妳戴，剩下的姊收起來，等妳長大了，再給妳置辦首飾。」

雲崢噘著小嘴，不解地問：「姊，妳幹麼要那個女人的東西？」

在小傢伙的心裡，拿了齊淑玉的東西無異於向對方屈服。

水瑤摟著弟弟妹妹，邊走邊跟他們解釋當時的情況。

「……你說姊要也不是、不要也不是，與其那樣便宜了她，還不如讓她大出血呢，反正她要好名聲可以，那就讓荷包縮水。不過你們以後要注意，她現在改變戰術了，沒姊的允許都不要過去，萬一她給你們下毒，你們說姊找誰哭去？」

雲綺在齊淑玉母女底下吃過虧，即便年紀小，沒經歷過那麼多事，可也知道不能太過接近這娘幾個。

「姊，我不去，你們去我再去！」

水瑤笑著摸摸雲綺的頭，帶他們前往洛千雪的院子。

洛千雪正在廚房裡幫忙做飯，自從她的精神好了許多之後，也不想讓自己這麼頹廢下去，既然暫時無法給予孩子安全感，那就好好地照顧孩子們的吃食。

「娘，我們回來了！」

雲崢一如以前在家裡那樣，拉著雲綺就衝進院子。

水瑤跟在後面開心地笑著，娘在家裡等著他們吃飯，弟弟妹妹快樂平安地活著，這就是她想要的簡單而幸福的生活。

曹雲鵬從屋裡走了出來，姊弟三人看到他都有些吃驚。

雲崢和雲綺率先回過神來，兩人像隻歡快的小鳥飛奔而去。「爹！」

曹雲鵬開心地抱起一雙兒女，水瑤笑呵呵的走了過去。「爹，你怎麼過來了？大伯那頭有消息了沒？」

曹雲鵬搖搖頭，臉上帶了一抹黯然。「沒有，現在家裡各房都安排了護衛，爹也給你們安排了兩個。我想雲綺和雲崢還小，就暫時讓他們搬過來住吧，護衛不大夠用，這樣妳娘多了個伴，雲綺和雲崢也有人保護，至於妳那邊，應該不用安排了吧？」

水瑤笑道：「我那邊就不用了，人多我還嫌麻煩呢！護衛在哪裡？」

她就怕保護不了，反而多了內鬼，所以她要親眼看過才能放心。

兩個護衛走上前，其中一個朝她眨眨眼，偷偷比了個手勢，水瑤不由得想笑。這個人是當初徐五安排進來的，自她進來後還沒跟對方聯繫過，原本想著不到萬不得已不需要用到他，沒想到緣分就這樣巧，竟然派到她娘這裡來了。

「行，挺好的，你們兩個以後就負責這邊的安全。翠姨，麻煩妳去給他們安排住處和吃喝。」

說完，水瑤他們就和曹雲鵬先進屋，父子幾個聊了下讀書的事。直到這個時候，曹雲鵬不得不承認齊淑玉生的兒子還真的就不如這個小兒子，哥兩個一對比，高下立見。

跟孩子們聊完後，曹雲鵬起身要離開，雲綺和雲崢兩個小的立刻露出萬般不捨的表情。

「爹，你不跟我們一起吃飯啊？」

曹雲鵬摸摸孩子的小腦袋。「不了，爹還有事情，以後再吃，我走了。」

其實他有些無法面對這個前妻，他過來時，洛千雪就在廚房裡忙，他也不好意思過去看看，還是趕緊走吧，不然他擔心自己再也不想離開了，因為在這個偏僻的院子裡，他感受到了一種難得的恬靜和心安，那是他心裡最渴望的一種生活，可惜卻讓他親手斷送了。

吃飯時，洛千雪沒看到曹雲鵬，臉上的失望神色想遮都遮不住。

「妳爹呢？」

水瑤心底一陣酸澀。「剛走，估計是怕齊淑玉那邊鬧吧？娘，如果有可能，你們還願意重新開始嗎？」

這是水瑤頭一次問洛千雪關於他們夫妻倆的未來。

對於這事，洛千雪也挺茫然的，這輩子她就只有曹雲鵬這個男人，說是放下了，可是能放得下嗎？那麼多個日日夜夜，怎麼可能說忘就忘？

她嘆口氣。「算了，這事不是咱們想怎麼樣就能怎麼樣，他也難啊。」

吃飯吃到一半，外面的丫鬟就稟報說春巧來送東西了。

「快讓她進來！」水瑤道。

「呀，你們正在吃飯呀！其實是我們五爺回來了，帶了些吃的，姨奶奶那邊吃不了那麼多，想著你們這裡孩子多，便給你們送一點。」

簡單聊了幾句後，春巧就離開了，不過水瑤的思緒卻停留在上一刻。

曹家五爺一直是個傳聞中的人物，她還沒跟這個人打過交道，這次曹雲軒回來，難不成是要他帶著傳家寶去救曹雲祖？

還別說，事情真的就讓水瑤猜對了。老太太生病，大夫人也是，老二現在幫著操持生意，老三做官已經夠忙了，老四出去了，只有這個老五目前還算有那個能力也有空閒。其實曹振邦不是沒想過家裡其他人，可跟五兒子一比，還是差了許多，所以他才急召老五回來。

晚上水瑤睡覺時，才赫然驚覺脖子上掛的曹家傳家寶不見了，嚇得她出了一身冷汗。這東西關係重大，萬一丟了或是讓別人撿了去就糟糕了。

她急得到處找，那東西好好地掛在脖子上，怎麼就憑空不見了？

突然，作夢的事湧上腦海，她仔細一琢磨，總算知道是怎麼一回事，敢情她不是作夢，這事根本就是真的，原來洛家傳家寶還有這個功能。

想明白是怎麼回事之後，她這心也安定了，摸著脖子上的東西，不由苦笑一聲。「你還真有本事，那麼大一塊東西，竟然讓你給吃了，你說你到底是什麼啊？」

可惜沒人能回答她，當然水瑤也沒指望這個護身符會說出話來。

「啊？祖母的意思是說，讓我五叔過去？」

隔天水瑤過去看老太太時才聽說這事，沒想到真的讓她給猜對了。

老太太點點頭。「這家裡算來算去也只能派他了，給他多配幾個護衛，再讓妳二爺爺跟著就行，目前我們也沒什麼好辦法了。」

老太太說的是實情，曹家子孫不少，可能力突出的並不多，加上各有各的心思，恐怕老爺子那頭也不是沒考量過。

其實水瑤對誰過去都無所謂，那傳家寶本來就是假的，即便對方湊齊又能如何？況且她知道對方絕對湊不齊，畢竟她這邊還有一塊洛家傳家寶呢，只要沒找到她這塊，他們就別想挖出寶藏。

水瑤更好奇的是這個五叔怎麼去，對方也沒給什麼約定地點。「祖母，對方讓咱們送到哪裡去，總不能稀裡糊塗地走吧？」

老太太讚許地看水瑤一眼。「妳想得還挺仔細的。對方在信裡說了，只要曹家的人帶上他們指定的標誌，他們自然會派人跟咱們聯繫，這幾天妳五叔他們就會出發。」

水瑤暗自點頭，有這個消息就好。

回去後，她讓人給外面發消息，讓他們盡快聯絡江子俊，如果聯絡不到，派馬鵬和丐幫的兄弟一起跟蹤五叔他們也行。

# 第五十五章

「小姐，李大那邊來信了！」

徐倩把紙條遞給水瑤，上面的內容讓她精神大振。「徐大哥回來了！這傢伙真是嚇了我一跳。」

聽到徐五的消息，連徐倩都來了興致。「他怎麼樣了？」

水瑤把紙條遞給她看。「妳看，上次趙家那棉花的事，徐五製成棉衣按時交貨給軍隊了，對方說以後訂單就交給咱們做，我真沒想到，他竟然這麼快就趕工出來，真是厲害。他現在正跟江子俊會合呢，就是不知道會帶來什麼消息？」

「要不我出去跟他們見一面？」徐倩好久沒見到馬鵬，心裡還真有些想念。

水瑤怎麼可能沒看到徐倩急切的表情，不過讓徐倩單獨出去並不妥當。「這樣吧，我去找燕琳，我們帶妳出去之後，妳再單獨行動——」

水瑤的安排讓徐倩很滿意。「行，那我們趕緊去找燕琳小姐吧！」

這頭，曹燕琳剛學完刺繡，正在屋裡繡東西，就看到水瑤來了。

小姑娘立刻坐不住了。「哎呀，妳可算來了，正好給我藉口了，天天繡這東西有什麼用啊，家裡有丫鬟和婆子，哪裡需要我們來繡？即便是做給自己，那都是穿在裡面的，誰會看到，要不是我娘吩咐，我才不受這罪呢——」

「呵呵，沒辦法，二伯母盯著，妳能偷懶嗎？」

曹燕琳笑著捏捏水瑤漂亮的臉蛋。「妳還說，我怎麼看妳比我還悠閒呢！好了，妳找我幹什麼，肯定有事吧？」

水瑤點點頭，笑咪咪地湊上前。「姊，咱們出去看看好不好？」

自從發生曹雲祖那事，現在要出去沒那麼容易，得跟家裡的大人說一聲。

柴秋桐看她們倆執意要出去逛逛，乾脆派幾個人跟去。「都小心些，這些日子家裡的事情不斷，有什麼事情就趕緊喊人，明白嗎？」

既然有了護衛，水瑤也就只帶著徐倩一個人，大夥兒坐上馬車一起出發了。

街上早已恢復往日的繁榮，瘟疫時的蕭條已經一去不復返，他們坐在馬車裡邊走邊瞧，還一邊聊著天。

街上的景致對徐倩的吸引力不大，她只想趕緊見到馬鵬，這時一抹身影突然吸引了她的注意。

她拉拉水瑤，朝她使個眼色。

水瑤順著徐倩的方向看過去——是春巧，三姨奶奶的丫鬟，她正要進去上次遇見春芳的那家首飾鋪子，春芳也是三姨奶奶的人。

水瑤目光微冷，低聲在徐倩耳邊說兩句話，就繼續跟曹燕琳討論外面的熱鬧，好像她剛才什麼都沒看到似的。

水瑤讓徐倩去幫她買東西，順便把她支開，自己則和曹燕琳四處逛逛。

徐倩過去的時候，江子俊和徐五他們接到水瑤傳遞出來的消息，正在商量對策。

徐五看見徐倩，便道：「徐倩，不好意思啊，我派馬鵬出去辦事了。」

雖然看不到馬鵬有些失落，但他們正在做的事更重要。

「沒事，以後還會見到，只要能查出這些事，咱們就能知道幕後主使者到底是誰，我們家的仇也就能報了。」徐倩道。

江子俊疑惑地抬頭看向徐倩，徐五便簡單地解釋了一下。

「當初我也沒跟水瑤細說，就因為什麼勞什子傳家寶，讓許多人家破人亡，我都不知道這事什麼時候是個頭，這次那些人盯上曹家也好，至少能給咱們一個機會尋到他們的蛛絲馬跡。」

「徐大哥，你說究竟有多少個傳家寶是他們想要的，總不能逮著一家就殺了人家吧？」徐倩疑惑地問。

徐五搖頭。「我也不知道。子俊，你覺得呢？」

江子俊想著這些日子打探來的消息，推測道：「六個？」

徐五驚嘆道：「這麼多？」

江子俊苦笑了一聲。「我只是推測，就是不知道他們得到了幾塊。算了，咱們繼續商量咱們自己的事情——徐倩，妳轉告水瑤，曹家那邊她自己多當心些。」

徐倩點點頭。「對了，小姐說可以往外賣公雞了，但是價錢不能便宜，現在就咱們獨大，即便有人從外面運來，成本也不便宜，正好可以趁過年前賺一把。」

徐五點頭。「李豹他們已經在處理了，放心，這事有他們在，不會出現差錯的。」

交代完事情，徐倩也沒必要再留下，買完東西就去跟水瑤會合。

回到家後，水瑤帶著徐倩拎著糕點去了三姨奶奶的院子。

這裡她還是頭一次來，給人一種清幽雅致的感覺，要真論起來，她那個親祖母可沒這位姨娘會收拾。

她在心裡暗道：難怪老爺子喜歡住在這裡，就連她都想住這樣的地方呢！

「喲，瞧瞧，是誰來了？」宋靜雯帶著丫鬟正在院子裡剪臘梅，看到水瑤來了，那叫一個熱情，不知道的人還以為這才是她嫡親的祖母呢。

「三姨奶奶，我早就應該過來拜訪您了，可您看我這一來，事情也多，就耽誤到今天了。我上街時正好嚐到這糕點還不錯，就帶了些過來給您嚐嚐，聽小翠說您平時可沒少照顧我娘那邊。」

宋靜雯趕緊吩咐春芳接過水瑤手裡的東西。「都是一家人，客氣什麼？再說你們也不易啊。好了，快進屋坐。」

屋裡的擺設同樣彰顯出主人的氣質，連水瑤都不得不嘆服，這個姨奶奶真是個妙人啊，長得好看不說，還這麼懂生活，難怪這些年能在曹家屹立不倒。

「三姨奶奶，您這裡收拾得真好，連我看了都不想走了。」水瑤讚嘆。

宋靜雯遞給水瑤一塊糖。「來，這是妳五叔帶回來的，要是喜歡，以後就常來，反正姨奶奶這裡也靜，我巴不得有個漂亮的小姑娘陪我這老人家說話呢！對了，妳母親身體怎麼樣了，聽說比之前好了不少？」

水瑤笑咪咪地點頭。「可不是，估計我和弟弟失而復得，這精神就上來了，不過還得繼續調養，都說病來如山倒，病去如抽絲，也沒那麼快，總之只要我娘好好的，比什麼都強。話說我怎麼沒看到五叔啊，聽說我五叔長得最帥了，我還真想見見他本人呢。」

即便宋靜雯上了年紀，可聽到有人誇自己的兒子，心裡還是不免高興。「這不是讓夫人找去了，估計一時半會兒還不會回來，沒關係，以後有得是見面的機會，其實別說你們，連我這個當娘的想見他一面也難。」

沒坐多久，曹振勇的媳婦董氏就過來串門了，對這個四奶奶，水瑤感覺不是很親，怎麼說呢，董氏身上總散發股陰沈感，不是那種喜慶相。

跟這個小奶奶寒暄了幾句，她就帶著徐倩先告辭了。

「小姐，我怎麼感覺這四老太太很彆扭，一點都沒有老人家該有的和藹，好像誰欠了她似的？」徐倩不免道。

這事水瑤也說不準，其實無論是曹家的人和事，她都還看不透，尤其是其他幾房，接觸得少，自然也就不大了解。

第二天一大早，水瑤還沒起床，曹家人就已經送走曹雲軒一行，等水瑤起床時，人家都不知走到哪裡去了。

「怎麼走得這麼早？唉，也不知道我們派去的人能不能跟上他們……」

別說是水瑤，就連徐倩也覺得納悶。「誰知道呢，聽說是幾位老爺子和老太太一起送的，其實只要人能回來，比什麼都強。」

徐倩比較擔心的是萬一對方收了東西，仍沒將人送回來，那真的就是雞飛蛋打了。

「老太太那邊怎麼樣了，身體好點了沒？」水瑤問。

「大夫又來了，也不知道怎麼樣，要不要過去看看？」徐倩道。

水瑤搖搖頭。「估計這時肯定不少人，咱們就不過去湊熱鬧了。走，今天咱們每一房都去拜訪拜訪，話說曹可盈最近在幹麼，怎麼許久不見她的人影？」

這禁足也禁完了，怎麼沒見她出來蹦躂？

「齊姨娘讓師傅天天抓她學禮儀和女工，就算她想蹦躂，也沒那個空閒了。」徐倩笑道。

水瑤帶著徐倩挨個兒拜訪，這一圈走下來，只覺得身心俱疲，這一個個說話都不著邊際，根本就沒幾句實話，好像她們也在防備她似的。

「唉，小姐，妳說曹家的人是因為做生意的緣故還是怎麼了，連說話都藏著心眼，一句都不往正路上說。」徐倩不禁感慨。

「因為她們都互相防備著，即便是我，在她們看來說不定就是哪一房的人。這一家人過成這樣，也真難為我那個祖母了。走吧，現在咱們去看看我那個好妹妹。」

「妳要去找她？」徐倩都覺得不可思議。「妳這不是找麻煩嗎？」

水瑤笑笑。「山不就我，我去就山，我這個做長姊的也該關心一下妹妹，要不然在某些人眼裡又是一宗罪責了。」

水瑤心裡打什麼主意，徐倩也猜不到，他們家這個小姐腦袋裡經常想一些他們都想像不到的事。

屋裡，曹可盈正在發脾氣，今天看到首飾就不免來氣，那些好看的首飾都讓水瑤給挑走了。

「大小姐來了！」小丫鬟在門口稟報道。

曹可盈愣住。「什麼?她來幹麼?」

身邊的丫鬟趕緊收拾。「小姐，您就別管她為什麼來了，趕緊收拾一下呀，別忘了，名義上她可是您的長姊呢！」

曹可盈不以為然。「她都沒承認我娘呢，她算哪門子長姊?」

丫鬟著急地在一旁勸道：「您忘了，老太爺和老太太是怎麼訓您的，就算要裝，您也得裝一下，不然您娘那頭還不得繼續讓老太太罵啊？況且無論她怎樣，您也不能跟她對著幹，那豈不是顯得您跟她是同一個檔次了？」

曹可盈當然知道丫鬟勸得都對，她就是感覺不忿，憑什麼這個野孩子可以隨便，她卻不可以？她娘一個堂堂正正的知府夫人，還得忍受這個死丫頭的擠對？

她長吐一口氣，臉上堆滿笑容，隨即迎接出去。

「大姊，快請屋裡坐，妳看看，我也不知道你要來，都沒怎麼收拾呢！妳們幾個趕快收拾一下。」

水瑤看曹可盈笑意盈盈地挽著她的胳膊往裡面走，笑得越發燦爛，彷彿姊妹倆根本就沒發生過什麼不愉快。

「大姊，快坐。」曹可盈笑道。

水瑤打量了下這個庶妹的屋子。「妳這裡佈置得還真是不錯，像世家小姐的閨閣，很有品味。」

水瑤一句話，讓曹可盈又得瑟起來。「可不是，我的眼光還會差了？以後妳要是想佈置房子，我倒是可以給點建議，畢竟我可比妳見多識廣呢。」

曹可盈這種天生的優越感，讓水瑤心裡不由得好笑，不過面上倒是謙虛。「那以後說不定真得靠妹妹妳指點一二了。對了，我送妳一樣東西，保證妳會喜歡。」

說著，水瑤拿出一只血紅的鐲子。

「血玉？」曹可盈驚喜地一把抓過來，可驚喜歸驚喜，她還是一臉疑惑的看向水瑤。「這個可不便宜，妳捨得？」

水瑤一聳肩，滿臉無奈。「妳也知道，妳大姊我兩袖清風的過來，也沒個能拿得出手的見面禮，正好我覺得這東西跟妳的膚色很配，如果過年戴在手上，再配上漂亮的衣服，那就是人比花嬌的模樣，估計咱們院子裡沒人能比得過妳呢！」

水瑤不動聲色的幾句誇獎，讓曹可盈心花怒放的同時又有些警戒。她今天是怎麼回事，不會是有什麼事情要求她吧？

「對了，大姊，妳來有什麼事嗎？」

水瑤笑笑，喝了口茶。「我能有什麼事啊，吃得飽、穿得暖，上哪裡找這麼好的生活，我就是想，咱們姊妹一場，不能天天妳看我不順眼，我看妳不順眼，那不是讓人家笑話嗎？那天我之所以選了那麼多的首飾，也是想給妳娘做個名聲，讓大家都看看，妳娘對我們有多好。」

曹可盈雖然懷疑，不過嘴上卻不饒人。「妳早該這麼想了，妳看看我娘多好啊，妳回來發生的那些事，若換一個人試試，早就用家法處置妳了。」

水瑤端著茶杯，意味深長地看著曹可盈。「說實話，妳娘對我還算不錯，不過我這心裡就是沒跨過這個坎。若換成妳，讓妳喊我娘做娘，妳娘則變成姨娘，妳願意嗎？」

曹可盈脫口而出。「那怎麼可能？」

水瑤一挑眉。「那不就得了，咱們換個立場思考，可不就是這樣？所以妳也得理解我這心情，給我一點時間，等我調適好，這改口的事情自然就成了。行了，我不耽誤妳了，我看妳這繡品還沒做完吧，我先走了，有空咱們再聊！」

說罷，水瑤就帶著徐倩告辭。

# 第五十六章

曹可盈坐在屋裡尋思了半天都沒回過味來，對丫鬟喃喃道：「綠衣，妳說她到底是什麼意思，難不成吃錯藥了？」

有沒有吃錯藥，綠衣不清楚，她一邊幫曹可盈弄繡線，一邊道：「說不定她是過來向您示好的，像她這樣的人，一沒銀子，二沒依靠，就這麼又臭又倔的性格，在這個家裡總歸是吃不開的，她估計是想到了這一點，才過來找您聊聊呢，希望夫人以後能多照顧她一些。」

曹可盈搖搖頭。「反正我是沒看明白，這個姊姊我不喜歡，那架子端得比我還大，憑什麼？一個下堂婦生的鄉野丫頭，跑到我們這裡來充大家小姐，我呸！」

不喜歡歸不喜歡，水瑤送來的鐲子倒是深得她意，她戴在手上，不住地欣賞著。

「姊，妳在幹麼呢？」曹可欣手裡拿著一枝臘梅，開心地跑了進來。

「妳進來就不會通報一聲，每次都這樣，我都說過妳多少回了，要有點小姐的模樣！」在庶妹面前，曹可盈端起架子，先把人給訓一通。

曹可欣委屈地癟了一下嘴，隨即又笑開。「姊，妳看，新開的臘梅，我在園子裡摘的，就給妳送過來了，妳瞧，多好看啊！」

曹可盈欣慰的點點頭，不過也不忘跟這個庶妹炫耀一下。「妳看我這只鐲子不錯吧？大姊送我的。」

曹可欣看到這血玉鐲子，眼都不眨地盯著看了好一會兒。說她不羨慕那是假的，可她也知道自己的身分，憑什麼跟人家嫡姊姊爭？

她眼光一轉，驚訝地問：「姊，妳說大姊怎麼突然有銀子了，這東西不便宜啊！」

曹可盈冷哼一聲。「她有什麼呀，還不是從我娘那邊騙來的，她就是花我娘的銀子過來做人情罷了。」

這話聽在曹可欣耳裡又是不同的意思，大姊和母親不對盤，母親卻出手那麼大方，母親都沒給過她這樣的首飾，她心裡著實有些不是滋味。

她沒在曹可盈這邊多待，鬱悶地回去了。

沈姨娘看到女兒噘著小嘴，一臉不開心的樣子，忙不迭地問：「這是怎麼了，小姐給妳氣受了？」

她就這麼一個閨女，雖然給不了孩子太多東西，可她也是盡可能讓孩子過得好一些、舒心一些，就怕因為庶女的身分，讓孩子在外面矮人一截。

曹可欣趴在沈姨娘懷裡，開始傾訴不滿。

聽完，沈姨娘笑道：「咳，我當什麼事呢！起來吧，其實妳大姊也過來看妳了，只是妳不在，也給妳帶禮物來了。快過來看看，不管喜不喜歡，有這份心思就挺好的。」

「呀，真漂亮！」曹可欣現在哪還有什麼委屈啊，桌子上擺的是一只桃粉色的珠串，雖然沒紅色的鮮豔，可戴在自己的手腕上也很漂亮，好像比那個紅色的更適合自己。

看閨女愛不釋手地把玩著，沈姨娘便乘機開口教女。「妳啊，以後別事事跟小姐爭，人家的身分就擺在那裡，妳也無可奈何。娘讓妳跟她親近，那是為了能讓夫人多看重妳一些，將來給妳找個好婆家，可不是學小姐那性格。以後沒事跟妳大姊多走動走動，多條後路也不是什麼壞事。」

曹可欣撇一下嘴，不屑道：「您的意思是讓我跟大姊學？」

沈姨娘苦笑了一聲。「妳這孩子，怎麼就這麼曲解我的意思？我是說跟她多攀交情，說不定以後會多一分機緣呢！妳想，她在外面沒出事，還能找過來，想必也有些本事，妳就多學人家的本事，以後找個好婆家，能在婆家立足，我這就安心了。」

這一廂，水瑤不知道她送一次禮物，還能讓沈姨娘如此感慨。

不過她現在可沒心情理會，因為徐五那邊的消息來了。

「把曹雲軒跟丟了？這到底是怎麼回事？」

水瑤一邊自言自語，一邊琢磨，徐倩也在一旁幫忙分析。

「小姐，他們是坐船出去的，恐怕這人是在海上交換也說不定，那樣的話他們可不能跟出海，否則就太明顯了。」

「也是，不過怎麼會跑到海上呢，難不成人在海上？」

水瑤腦中突然閃過一個念頭，難不成被他們捉到的人都囚禁在海上？畢竟若是船上，可不會永遠在海上停留，那唯一的解釋，就是人或許在海上的某一座島上也說不定。

「快，幫我研墨！」水瑤要趕緊寫一封信。

寫完後，她讓徐倩去洛千雪那邊找那個護衛，將消息遞送出去。

徐倩回來後，不解地問道：「小姐，我想了想，有些不大明白，就算是在海上，可這茫茫大海，到底會關在哪裡？這要怎麼找？」

水瑤長嘆一口氣。「我也不知道，反正那些傳家寶他們不是還沒找齊嗎？想來他們暫時還不會對我大伯怎麼樣。」

不只是水瑤，曹家的人也都翹首以盼，曹雲祖失蹤，丟的不只是人的問題，還有曹家一年的收入，那可是他們一年的紅利，如果可能，他們希望能連人帶銀子都給帶回來。

這也是曹雲軒出發前，他們提議的條件，救人連帶要銀子，就算不能全部要回來，至少得要回一半吧？

水瑤剛進屋，就瞧見老太太臉色蠟黃，眼神空洞地盯著屋頂瞧。

「祖母，您身體好點沒？」

看到水瑤來了，老太太嘆口氣。「也沒什麼好不好的，妳大伯不回來，我一天也好不了，也不知道他們都怎麼樣了……丫頭，妳說妳大伯他們能平安回來吧？」

水瑤安慰道：「那是當然，有我五叔他們出馬，還不馬到成功？聽說我五叔文韜武略都不在話下，有這麼一個能人在，您老還擔心什麼？」

老太太嘆道：「就因為這樣我才擔心。丫頭，妳沒成親生子不知道，這當娘的心啊，時刻就被牽扯著。」

水瑤看她一眼。「是啊，雖然我沒成親生子，沒這個體會，可我想我娘當初的心情，恐怕跟您老是一樣的。」

老太太不傻，水瑤這話意味著什麼，她心裡明鏡似的。

她盯著水瑤的眼睛。「丫頭，祖母也有很多的無奈，為了這個家，每一個人都得承擔該有的責任，妳爹也不例外。雖然他是我生的，可是為了曹家，他不得不做出犧牲，而妳娘，我也是沒辦法才這樣，要怪妳就怪祖母吧，別怪妳爹，要做這樣的選擇，他也痛苦了很久，有時想想我也挺內疚的，這裡面最愧對的恐怕就是妳娘了。」

水瑤似笑非笑的看著老太太。「祖母，按理說我們做子女的不能非議自己的父母，可既然今天您老提起了這個話題，我也順便說說我的看法。」

她頓了頓，緩緩道：「其實曹家在處理我娘的事情上的確有失公允，我娘當時那情況都瘋了，你們還這麼做，所謂和離，恐怕也是給自己心裡一個安慰吧？說白了，曹家有落井下石之嫌，您老覺得呢？」

老太太的心咯噔一聲，她還以為這孩子好糊弄，敢情人家心裡比他們都有數，想想也是，敢跟她和當官的兒子談條件的，這孩子還是頭一個。

她拉著水瑤的手拍了拍。「祖母知道委屈你們了，可這錯已經犯下了，要改也是不好更改了。」

水瑤笑笑。「祖母，只要有您這句話，以後咱們可以慢慢來。您想想，就那個齊姨娘做的事，您覺得能說得出口？瘟疫來臨，她先躲了起來，連自己的男人都能捨下，您說她還有什麼拋不下的？像這種人，我可不敢奢望能對我們好到哪裡去。我爹娘那頭的事，您老以後就別再干涉太多，現在我也想開了，他們能走到哪一步也難說，就算真的緣分盡了，我誰也不怪，您說呢？」

老太太點點頭。「行，這事我答應了。」

其實她心裡有些後悔，當初怎麼就沒好好找尋一番呢，如果當初把人找到了，這孫女豈不是曹家最大的助力？

水瑤當然瞅見老太太一閃而過的悔色，但她並不以為然。錯已鑄成，後悔無用，只有積極去解決，才能看到誠意。

「祖母，您先躺著休息，我給您做一道藥膳。您放心，大伯肯定會平安無事回來的，您可不能讓您大兒子回來，還擔心您的身體，是不是？」說完，水瑤朝老太太眨巴眼睛。

老太太這回終於想起來了，指著水瑤震驚道：「妳、妳就是安老大夫那個小藥童?!」

水瑤嘿嘿笑。「祖母，我裝得像不像？別忘了，我身上也流著您的一滴血脈呢！您等著，我去去就來。」

老太太躺在榻上，都不知道該說什麼好了，她早就該看出來了，可惜這孩子當初裝得太像了。

水瑤剛踏出老太太的屋子，就看到夏荷正往這邊探頭探腦，她眼神一閃，朝夏荷喊了一嗓子。「夏荷姊，妳在幹麼呢？麻煩妳過來幫我的忙——」

見水瑤發現自己，夏荷只得訕訕地走過來。「我就是有些不大放心老太太。怎麼，妳要做飯？」

水瑤一聳肩。「對啊，孫女給奶奶做點吃食也正常，我在外面看別人家都是這樣的。來，妳幫我搭把手，這裡的東西我也不知道都放在哪裡……」

老太太有自己的小廚房，水瑤一邊熬湯，一邊跟夏荷閒聊。

「……唉，父母早就沒了，家裡只剩下一個哥哥。」

水瑤看了她一眼。「那妳哥呢？他不打算接妳回去？」

夏荷頓了一下，隨即笑著解釋道：「唉，我哥都成家了，接我回去也不大適合，我還想留在老太太身邊多照顧她老人家兩年，再說曹家給的月例也高，我攢著點，等婚配時找個莊戶人家就行，我就喜歡過以前那種鄉下生活，簡單又快樂。」

水瑤盯著陷入沈思的夏荷，嘆口氣。「是啊，我也想……啊，這湯好了，麻煩妳給老太太端過去吧，我得去茅房一趟。」

水瑤尿急，也沒來得及跟夏荷多說，急急忙忙跑出去了。

等她回來時，就看到一個小丫鬟鬼鬼祟祟地從老太太的院子溜了出去。曹家的人她雖然不是都認識，可這丫鬟她偏偏就有印象，當初她來到曹家，四房那些人送禮物時，這丫頭好像就站在他們身邊。

水瑤一臉疑色地進了院子。

屋裡，老太太嫌湯有些燙還沒喝，看到水瑤來了，跟她招呼了一聲。「妳把東西端來吧，正好我也嚐嚐妳的手藝。」

水瑤看了眼守在老太太身邊的幾個丫鬟，老太太見狀，朝她們擺擺手。「都到外屋去吧，我要跟我孫女好好聊聊。」

水瑤發覺自己手上端的可不是什麼補品，而是禍根啊！那種特有的香氣，一般人還真聞不出來。本來她好心好意給老太太燉點補品，沒想到就這點工夫就讓人動了手腳，幸好老太太還沒喝。

她低下頭，湊到老太太耳邊低語了一陣。

老太太的眼睛瞪得大大的，一臉不可思議。「怎、怎麼會？」

水瑤一聳肩。「反正我猜測的可都跟您說了，您老自己拿主意，這東西您是喝還是不喝？」

「丫頭，妳確定這裡面有毒？」

水瑤笑笑。「我的好奶奶，是真是假，您吃了不就明白了？」

老太太哪裡還敢吃，躺在榻上閉目養神，沒有人知道她此刻心裡已是翻江倒海，她作夢都沒想到就這麼一會兒工夫，有人會想害她，如果不是這個孫女，說不定她此刻已經到黃泉了。

# 第五十七章

她想了一會兒才道：「丫頭，妳跟我說，這東西多少能致死？多長時間會發作？」

水瑤笑了一下。「一時半會兒您且死不了，我不知道您之前吃了多久，可這東西有一大特點，吃多了會上癮，不吃就會感覺萬蟻蝕骨。最近您是不是經常打呵欠、渾身乏力、發冷、流鼻涕，可吃了這東西，就有精神多了？」

老太太內心一驚，因為水瑤說的都是她目前的狀況。

「怎麼回事，這究竟是什麼毒？」

「這雖然是毒，但又跟其他的毒不一樣，這毒會讓人欲死不能，就您這身子骨，即便有再強的毅力，恐怕也難以抵抗這毒的誘惑，到時候對方要您做什麼，您都會乖乖去做。當然一直吃也會早死，我看您這樣，活個百歲都不是問題，可前提是您得趕緊戒掉這毒。」

水瑤說著，嘆了口氣。「我的好奶奶，您說您一個內宅女人，究竟得罪誰了，竟然下這麼歹毒的毒，且還三番兩次要置您於死地，這是多大的仇啊？」

面對水瑤那略帶調侃的語氣，老太太心情沈重，嘆了口氣。「我也不知道，丫頭，這事咱們兩個心裡有數就好，別跟其他人講。至於這毒，妳有辦法根治嗎？」

水瑤點頭。「能是能，不過您得吃苦頭，好在您現在的症狀還不是那麼明顯，代表中毒還不是那麼深，治起來比較容易一些，不過您必須做好準備，一旦開始治療，外面的事您可就不能管了，因為這過程會很痛苦，希望您明白。等您什麼時候準備好了，咱們就什麼時候開始治療，還有，以後您這飯食要注意了。」

老太太無力地揮揮手。「妳先回去吧，我心裡有主張。」

水瑤離開後，老太太立刻找來柴秋桐夫妻倆。

老大媳婦還病著，至於齊淑玉，老太太根本沒想讓她過來，家裡目前能派上用場的也就只有這對夫妻了。

「什麼，您中毒了？」曹雲傑驚道。

「小聲點，別讓人聽到了，這事我得交給你們夫妻兩個來辦……」雖然老太太不想讓人知道她中毒的事，但要抓出幕後之人，也得把來龍去脈說清楚。

柴秋桐雖然不動聲色地聽著，內心卻不平靜。曹家究竟是得罪了哪路神仙，怎麼事情一樁接著一樁呢？

尤其是老太太，她與這個婆婆雖然談不上多親近，可如果這老太太沒了，那家裡可真的就要亂套了。

若是宋靜雯這個姨娘接掌曹家，那幾房的人心裡肯定不服，而且三姨奶奶迷惑男人的本事還可以，卻沒掌控大局的能力。而老太太的存在不僅僅只管內宅，就連外面的事也出了很多主意。

「娘，這事您放心吧，我和孩子他爹會負責，您就安心地等大哥回來。至於凶手，我會暗中處理。」

對於這個二兒媳婦的能力，老太太絕對放心，跟大兒媳婦比起來，這個媳婦穩重又有智慧。

「行，你們去辦吧，不管是什麼人，用什麼手段，一定要查出來，家裡的事情太多了，不能一而再再而三讓他們得逞。」

夫妻倆在屋裡跟老太太談了半天才離開，沒多久，柴秋桐下令要重新給大老爺整理院子，要調人過去幫忙，當然這個夏荷也在人選之列。都沒容她說什麼，人就直接被婆子帶走了。

水瑤也是後來才聽徐倩跟她說到這事。

「……妳說這二夫人是怎麼回事，整理院子也不用這麼多人吧，難不成要搬院子了？」徐倩疑惑道。

水瑤心裡明白是怎麼回事，但她沒說，只是斜靠在床上，手裡拿著帳本慢慢算著。「妳去小翠那邊看看糕點做好沒，我有些餓了，順便讓她多炒兩個菜……對了，不是說有送螃蟹來嗎？今天晚上咱們就吃掉吧，留著也不新鮮了。」

徐倩跟著水瑤這麼久，這小丫頭捨不得穿，但是對吃的絕對在行。她有時就不明白了，手裡也不是沒銀子，怎麼就不多買些好衣服、好首飾呢？

想到這裡，徐倩嘴上不由得問出來。

水瑤好笑的看她一眼。「我說姊姊啊，我穿那麼好幹麼，讓人知道我有銀子不成？穿差一點，讓他們忽略我豈不是更好？在這曹家就是不能太出頭，穿得太好，齊淑玉母女或其他人不就盯上我？有好吃的進肚子裡那才是最實惠的。」

柴秋桐夫妻倆默契絕佳，手段凌厲，很快的，幕後之人就浮出水面。

看到要害自己的人，連老太太都覺得不可思議。

「怎麼會是她?!」

幕後主謀竟然是曹振勇的妾，而且是前年才納的美妾。「那夏荷呢，她是怎麼回事？」

說起這個丫鬟，連柴秋桐都有些不解。「不管動用什麼刑罰，這丫鬟就是不招，說是不知道，反正我感覺她很古怪，絕對不像是一般小丫頭該有的反應。話說，四叔那邊是不是得打個招呼，要拿人怎麼也得跟他說一聲吧？」

老太太點頭。「妳四叔那邊是該打聲招呼再拿人。至於夏荷，你們先秘密關押起來，這人是古怪，我懷疑她是別人安插的眼線。」

老太太打發走兒子和媳婦，心裡感覺空落落的，便讓秋月去把水瑤找過來。

「幕後主使者是四爺爺那邊的人？」

這個消息讓水瑤很意外，沒想到那個鬼鬼祟祟的丫鬟竟是曹振勇身邊的妾指使的，就不知道這個四爺爺怎麼會把這麼一個禍害納進家裡來了？

「有說原因嗎？」水瑤問。

老太太搖搖頭。「只有拿下了人才知道。」

水瑤頓了一下。「那這個夏荷也不能放過了，畢竟那湯是交給她端的，能讓那丫鬟有機會下毒，總覺得跟她脫不了干係，她說她不知道，誰能證明？」

話音剛落，院子裡就響起吵嚷聲。

「殺人了、殺人了——」

水瑤和徐倩扶著老太太往外走，其餘人也紛紛往曹振勇的院子跑。

當他們過去時，就見曹振勇被刺傷，那個美妾拿著刀，一臉瘋狂地指向眾人。

「你們都該死，什麼大富之家，全都他娘的男盜女娼！我就是要向你們討債，妳欠了我姊姊一條命，我要你們賠償！」美妾說完，不顧一切地衝老太太而去。

董氏反應快，立刻拉過身邊的丫鬟擋住她的刀，刀尖刺進丫鬟的腹部再拔出來，血如柱般噴湧而出。

那美妾渾身是血，就這架勢，讓在場的人越發恐懼起來。

「快，快攔住她！」董氏趕緊喊下人過去幫忙。

可惜沒人敢動彈，對方這已經是不要命的拚搏了，誰過去還不挨一刀啊！

徐倩想出手，卻被水瑤拉住了。「先看看再說。」

美妾仰天長笑。「曹家的人，你們等著，老娘就算是做鬼也不會放過你們！」

說完她就倒在地上，等水瑤他們過去時，人已經快不行了。

徐倩看了一下。「服了毒，沒救了。」

水瑤蹲下身看著那美妾，即便馬上要離開人世，可她的眼裡還是充滿了怒火。

「能告訴我妳為什麼要殺老太太嗎？妳跟她有仇？」

女人看著水瑤，斷斷續續道：「我姊姊……死於她手……我姊姊是老太爺的妾……」

說完她就氣絕身亡了，在場的人一個個面面相覷，不知道該怎麼辦。

水瑤嘆口氣，搖搖頭。「抬走吧，人已經死了。」

一場謀殺以凶手自盡落下帷幕，老太太沈默了半天才開口。

「這麼說，我還真想起一個人，難怪當初我就覺得她很面熟，原來是姊妹倆，就不知道這個妾怎麼進了妓院？」

曹振勇嘆口氣。「這其中的原委我也不清楚，她說家裡那頭沒人了，我看她可憐，人也長得好，才帶回來，誰知道竟然弄一條毒蛇回來……真對不起啊，早知道這樣，打死我都不幹這事。」

曹雲傑更想知道，這女人嘴裡說的那個姊姊是不是真的死於他娘之手？

看兒子那探究的眼神，老太太苦笑了一聲。「你真當你娘就那麼心狠手辣？雖然我真的討厭那些狐媚子，卻還不至於什麼人都不放過。說來那女人也是個可憐人，你爹看她沒家沒業，家裡的人都去了，實在是無家可歸，才弄進曹府；雖說是妾，可那女人自從來了就沒把自己當妾，過得小心翼翼的，連丫鬟的活她都搶著幹。

「她難產而亡，至於這裡面是不是大有文章，我就不清楚了，畢竟我那時在莊子那兒，家裡這頭的事我還真的不大明白，這帳啊，她算錯人了。」

得知不是自己娘親做的，曹雲傑的心就放下來了，可水瑤再次冒出疑惑。

看老太太這樣，應該是實話，那究竟是誰在那個女人面前撒了謊，騙她姊姊是被人暗害的呢？

尤其當柴秋桐過去找曹振勇拿人時，那女人怎麼那麼快就得到消息，還服了毒？

最重要的是，一個內宅女人是從何處弄來這樣的毒藥？要不是兩世加起來的經驗讓水瑤見識得多，她根本就不知道這東西的用處。

眾人七嘴八舌議論了半天，老太太只有一句話。「她也是個可憐人，不知道是誰在她面前胡說八道，就把她葬在她姊姊身邊吧！以後姊妹兩個也能做伴，至於誰是誰非，就讓她們姊妹倆在地下好好說個明白。」

眾人陸陸續續離開，水瑤對老太太道：「您好好休息吧，我先走了。」

回去的路上，她看到大堂姊低著頭往這邊走來。

「燕茹姊！」她喊了一聲。

曹燕茹一抬頭，水瑤才看到她眼睛紅腫。「姊，妳怎麼了，難道大伯母身體不好了？」

曹燕茹搖搖頭。「沒，我只是擔心我爹，正好聽說祖母這邊也出事了，我娘讓我過來看看。」

「妳不用過去了，祖母已經休息了，妳就回去好好照顧大伯母吧，至於大伯的事也別擔心，妳告訴妳娘，大伯應該很快就到家了。」水瑤安慰道。

曹燕茹有些反應不過來，拉著水瑤，驚喜地問：「妳是說我爹沒事了？真的嗎？」

水瑤呵呵笑。「吉人自有天相，我直覺大伯肯定沒事，況且五叔都出馬了，哪還會出差錯？」

曹燕茹嘆口氣。「這還難說呢，不過就衝著妳這句話，姊姊還是要謝謝妳。」

水瑤回去後，突然問徐倩一個不著邊際的問題。

「妳說像你們這些習武之人，一般都靠什麼謀生啊？我猜一部分去當看家護院，一部分當了某些人的護衛，有的人則去鏢局，那還有什麼是你們能做的？」

徐倩想了一下。「還有些人會選擇踏入江湖，投奔各大門派山莊，再有的就是當殺手，妳也知道有些人家雖然有銀子，可有些事情他們未必做得了，所以這殺手就專門做暗殺生意。」

「暗殺？」水瑤突然想起之前那個「丙」字牌。「徐倩，妳說那些殺手組織是不是什麼人都會收？裡面又是什麼情況？」

不管是前世還是今生，這部分水瑤是第一次接觸。

徐倩略微思考一會兒。「那些暗殺組織並沒咱們想像的那麼簡單，組織等級嚴密，也不是什麼人都能進得去，還要經過考察。像我這樣沒有熟悉的人介紹，想進去很難，而且這些人跟死士差不多，如果洩漏了組織的秘密，不僅本人，就連家裡的人也會跟著遭殃，所以有些人寧願自己死也不願意連累家人，即便一時苟活，但早晚都會被組織派來的人暗殺……妳會這麼問，是猜測要奪取傳家寶的人或許是屬於某個暗殺組織？」

水瑤點點頭。「這也只是我的猜測，並沒有實際證據。這樣吧，妳明天出去一趟，跟徐五他們聯絡，看看江子俊那頭有什麼消息，另外讓他派人打聽有什麼新崛起的暗殺組織。」

半夜時分，曹家大門打開，曹家五爺和二老太爺帶著失蹤的曹雲祖回來了。

水瑤一大清早才知道這個消息，不禁驚喜。

「人回來了？」

小翠點點頭。「是，小姐您要不要過去瞧瞧？」

水瑤笑呵呵地道：「瞧，怎麼不瞧？怎麼也得正式拜見曹家的大功臣啊！」

水瑤簡單的打扮一下，帶著徐倩和弟弟妹妹一起去老太太的屋子。

# 第五十八章

老太太的屋子已經坐滿人，各房得知曹雲祖回來的消息，都紛紛過來探望，順便打聽一下後續的事，當然無非就是帶回了多少銀子。

水瑤第一次見到曹雲祖本人，這個大伯跟她想像中不大一樣，與其他商人那種精明不同，大伯身上有種斯文儒雅的氣息。

曹雲祖也是第一次見到傳說中已經死去的姪子和姪女，對水瑤姊弟們挺親切的。

曹雲軒則淡然許多，不過也沒人覺得不對勁，畢竟對家裡的孩子，他都不怎麼親近，離家多年是一個原因，加上他這人天生性子冷淡，不過水瑤他們並不瞭解這一點，所以在她心裡，這個五叔還挺高傲冷漠，給了見面禮之後就什麼都不說，眼神也沒在誰的身上停留過，好像這一家人跟他沒多大關係似的。

「好在雲祖平安回來了，要不然你娘指不定得多擔心呢！這回總算能好好的過個年了。至於銀子，雖然只拿回一部分，但只要人在，銀子就不愁掙不回來。」

還是曹振坤說話中聽，不過其他人聽到銀子短少，臉色頓時變得難看起來。那才多少啊，連牙縫都塞不滿，還說夠用？

「唉，銀子是拿回來一些，可根本不夠咱們府裡一個月的開銷，就更不用說分成了。二哥，他們都是怎麼說的，這也太貪心了吧！」董氏不免怨道。

曹振宇聽到弟妹的話，沒好氣地瞪她一眼。「這還是我們跟對方死纏爛打才弄回來的。妳二哥我無能，當初也許應該讓弟妹過去，說不定所有的銀子都能要回來呢！」

董氏一縮脖子，嘟囔道：「我不就是發發牢騷，至於嘛……」

曹振邦看了屋裡眾人一眼。「行了，只要人沒事，以後有的是機會掙銀子，今天晚上加菜，大家好好聚聚，也都去去晦氣。如今雲祖回來了，下一步咱們就開始置辦過年的東西，這該走動的人家、該送的節禮都不能落下。」

老太太看了一眼站在角落裡的姊弟三人，決定趁此機會將之前一直琢磨的事在大家面前宣布。

「正好今天大家都在，我也跟你們說說我的決定，雖然洛千雪與老三和離了，可這三個孩子的身分不變，他們依然是三房的嫡子，也是我們曹家正宗的主子，享受嫡子待遇。」

老太太一開口，一屋子人不免詫異，尤其是齊淑玉，驚訝和憤怒頓時湧上，她現在有種被眼前這老貨算計了的感覺。

她想反對，可這麼多人都沒開口，如果她這個時候出頭，其他人會怎麼看她？老爺又會怎麼想？

水瑤拉著雲崢和雲綺給老太太行禮。「謝謝祖母。」

這裡頭還有一個人是驚喜的，那就是曹雲鵬。「真是太好了！」

老太太滿是笑意地看向兒子，這一次她總算做對了，可又不免在心裡暗自嘆口氣，這兒子高興了，可兒媳婦未必滿意。

「娘，這事是不是……三思而後行比較妥當？」龔玉芬不是沒看到齊淑玉那求救的眼神，雖然她挺討厭這個妯娌的，可兩家的利益互相牽扯，龔家做藥材生意，還有求於齊仲平，若這時候不幫忙，恐怕對娘家那頭沒好處，因此她才硬著頭皮幫齊淑玉說話。

老太太抬頭看向大媳婦。「老大家的，妳覺得有什麼不妥？之前洛千雪來了，咱們也是以正室之禮相待，那她生的孩子，妳覺得什麼身分才適合他們呢？」

這話把龔玉芬問住了，今天老太太是怎麼回事，感覺好像吃錯藥了，之前她多維護齊淑玉啊，如今竟然當面打她的臉？

曹雲祖一臉慍色地看向自己的媳婦。「妳沒聽到娘說的話嗎？再說水瑤他們本來就是嫡子，只是之前出了差錯，這有什麼好考慮的？要真說起來，還是咱們曹家欠這幾個孩子，這麼多年在外面吃苦受罪，好不容易回來了，怎麼還有那麼多事？」

老太太讚許地看向大兒子，面帶笑容的點頭。「這事就這麼定了。好了，都散了吧，雲祖才剛回來，還沒好好休息呢。」

老太太都開口攆人，即便眾人心裡有再多的想法，也不得不告辭。

曹雲祖回來後，家裡的警報也隨之解除，氣氛比之前熱鬧不少，恰逢年底，這該出去採購的也都沒閒著。

水瑤帶著娘親他們幾個出去，跟徐倩道：「妳陪他們一起出去逛逛，我讓馬鵬到茶樓去找你們。」

約定好時間和地點後，水瑤便去找徐五。

徐五見到她，笑道：「瞧瞧是誰來了，我們正等著妳呢！來來來，快坐下，一會兒莫成軒和江子俊也會過來。」

水瑤不可置信的瞪大眼睛。「莫成軒也來了？」

徐五笑著給她倒一杯水。「可不是，他過來送年禮，正好咱們也該坐下來討論生意分成的事。我怎麼感覺這一年像是過了十年似的，這事一樁接一樁，妳在曹家也不方便，就算遞個信也說不清楚，我先跟妳說說上次跟蹤曹雲軒他們到海上的事，對方這些人也跟妳舅舅的下落有關……」

聽完了徐五的敘述，連水瑤都不得不感嘆。「看來這個殺手組織比我想的還要嚴密厲害。」

徐五從懷裡掏出一塊牌子。「妳看，跟上次那塊差不多，我現在就想找到這些殺手的據點，可惜一直都沒什麼有用的線索，我知道妳擔心妳舅舅，可這事急也沒用。」

水瑤皺著眉頭，嘆了口氣。「我也知道我們的勢力根本就沒法跟對方比……對了，上次讓你們查那家首飾店有進展了嗎？」

提起這事，徐五的表情變得凝重許多。「查到了，不過說實在話，這也真夠難查的，要不是那個掌櫃到花樓喝醉了酒，還真的沒頭緒。妳知道那地方是誰開的嗎？」

水瑤看徐五一副嚴肅的表情，調侃道：「該不是京城的皇子？」

徐五苦笑了一聲。「什麼皇子，聽說是王爺的手下開的！至於是哪位王爺，還沒打聽出來，這傢伙即便是喝醉了，口風也很緊。」

水瑤端著茶碗，低頭沈思。

王爺……這名頭可大了，問題是那麼多的王爺，到底是哪一個？而且這手下開店，雖說名義上也合理，可那三姨奶奶跟對方是什麼關係？是單純的主顧，還是另有秘密？

「繼續觀察那間店鋪，另外派人繼續在海上尋找，或是跟附近的漁民打聽看看有什麼島嶼適合人居住。這陸地都查遍了也沒查出什麼，加上我大伯那事，我總覺得我舅舅他們應該在島上才對。」

兩個人正討論著，就看見莫成軒和江子俊結伴而來。

莫成軒變了許多，以前胖嘟嘟的樣子消下來，個子一下躥高了不少。

莫成軒上下打量水瑤一番，調侃的語氣依然不改。「喲，這回曹家感覺就是不一樣，穿著打扮都變了，妳還是之前那個水瑤妹妹嗎？」

水瑤失笑。「你就貧嘴吧，不是我還能是另外一個人啊？趕緊都過來坐，你到底是什麼回事，家裡沒問題吧？」

莫成軒長嘆一口氣。「家裡是沒事，但是哥們我饞啊，瘟疫剛過，這豬肉老貴，就是地主家現在也吃不起肉，更何況想買也買不到。」

她笑道：「那不正好減肥，省得伯母天天說你胖。」

江子俊也跟著笑。「減了肥也挺好的，這不，現在挺好看的，比之前帥多了。」

莫成軒趴在桌上哀嚎。「哥們想吃肉——我想吃肉——」

「行了，回頭讓你帶肉回去，這東西別人沒有，我這裡還是有的。」水瑤笑道。

聞言，莫成軒立刻像打了雞血似的。「這才對嘛！我告訴妳，我也不虧待你們，我這次也帶了些牛、羊肉回來，都是從北邊弄來的，只是說心裡話，我還是喜歡吃豬肉和雞肉。」

幾個人談笑一會兒，開始輪流報帳。相較於去年，今年生意已經上了正軌，所以各自心裡也有數。

「行了，分好了，今天咱們就好好吃一頓，吃豬肉可好？」水瑤笑問。

莫成軒對別的不感興趣，對吃豬肉非常上心。「成啊，這大餐我喜歡！唉，以前怎麼就沒發現呢，直到這肉沒了，我才知道豬肉和雞肉有多好吃。說真的，這次瘟疫可把老百姓給坑慘了！」

水瑤跟著嘆道：「別說你們家，就連曹家現在也是如此，一個個伸著脖子要吃肉，可就算有銀子買，那也貴得太離譜了。」

吃飯時，莫成軒問了曹家大伯的事。

「外面的人都知道這事？」水瑤有些驚訝。

江子俊邊給水瑤挾菜邊說道：「鬧出那麼大的動靜，外面的人怎麼可能不知道，妳大伯就沒說他究竟被關在什麼地方？」這才是他最關心的。

水瑤搖搖頭。「沒，說是被蒙住眼睛，怎麼進去、怎麼回來的都不清楚。」

莫成軒好奇地問：「妳說對方怎麼知道你們家有他們需要的傳家寶，老實說，誰家還沒個傳家的寶物，怎麼就偏偏認定是你們家了？」

江子俊嘆口氣。「這也是我們想知道的，或許曹家出了內鬼也說不定。」

莫成軒自言自語道：「你說我們家不會也被人給盯上了吧？」

這句話倒是提醒了水瑤，她想起莫家那塊玉珮，神色一變。「你爹那塊玉珮不會是莫家的傳家寶吧？」

莫成軒被水瑤給逗笑了。「那算什麼傳家寶啊，那是我祖母給我爹的！那東西多好用，沒銀子就把它換成銀子花，蔭及子孫，以後我有錢了，我就弄這麼塊東西往下傳，說不定哪一代子孫就能用上了呢，比那些不當吃、不當喝的東西強多了！」

水瑤若有所思地看著莫成軒，關於寶藏，她已經知道有三個了，包括洛家那一塊，那其餘還有誰手裡有？

莫家會不會也是其中一家呢？

江子俊一轉頭，發現水瑤愣了神，輕推了推她，示意她趕緊吃飯。

「成軒，剛才的話咱們自己說說就好，就別在外面說了，那些人神出鬼沒的，據我猜測，他們應該還沒找到全部的傳家寶。」江子俊道。

莫成軒邊吃邊點頭。「放心，我不會說，我只跟你們發發牢騷而已。」

水瑤和江子俊已經吃飽了，而莫成軒好不容易賺到一頓大餐，當然使勁的吃，不把那少掉的肉補回來不算完！

# 第五十九章

水瑤給大家泡好茶，跟江子俊在客廳等著徐五和莫成軒吃完。

「水瑤，妳覺得總共有多少個傳家寶？」江子俊喝了口茶問道。

水瑤搖搖頭。「這個可難說，我有一塊，你們家有一塊，曹家有一塊，我猜他們之中有一位肯定是當時的後人，所以他們手裡一定也有一塊。」

馬上要過年了，莫成軒不可能在這裡久留，水瑤便準備一些東西讓他回去時帶給鄭素娥他們。

「回去幫我告訴我娘他們一聲，就說我找到我們家親戚了，有空我會回去看他們的。」

送走莫成軒後，水瑤問江子俊有什麼打算。

「我就留在這裡，有什麼消息我們也能互通有無。對了，忘了跟妳說，我之前跟這裡一個叫耿三的地痞交手過，雖然他沒打贏我，不過我們兩個也算是不打不相識。這人還挺仗義的，雖說在別人眼裡是地痞，但我覺得可以跟他交個朋友，回頭我介紹這人給你們認識，以後辦事找他也方便些。」

水瑤笑道：「地痞你也能打交道，怎麼跟徐五差不多？」

回到曹家，水瑤留了一些肉給他們這邊加菜，剩下的則拿去送給老太太。

「這肉哪來的？」老太太也知道現在肉有多貴。

水瑤笑笑。「出去遇到一個朋友，正好他過來賣肉，我就多買了些，給您老補補身子。」

接著她像是想到什麼。「對了，祖母，您準備什麼時候要開始戒毒的療程？」

老太太嘆口氣。「等過完年再說吧，萬一我這個時候病倒了，指不定又要出什麼大事了。」

老太太不著急，那是因為之前在搜查那美妾房間時找到了一些藥粉，足夠她用一段時間，不過這事她沒跟水瑤說。

水瑤不知道老太太現在是飲鴆止渴，人家不想，她也不能硬逼，但這戒毒是越早開始越好。

隨後老太太又告訴她一個消息——夏荷在牢裡自殺了。

「死了？那豈不是查不出她背後的人了？」

老太太嘆口氣。「沒錯，看來夏荷這個奴才還真夠死心塌地，我還琢磨她要是招了，就放她一條生路，誰想到會是這種結果，只能慢慢查了。」

吃年夜飯時，水瑤沒過去，只讓徐倩和李嬸帶雲崢和雲綺過去溜達一圈，還叮囑若他們喜歡留在那裡吃就留下。

至於她，則陪母親和鐵鎖他們在院子裡吃團圓飯。

「太不像話了，回曹家就得守曹家的規矩，怎能由著她？」

這話是曹家老爺子曹振邦說的，其他人也跟著附和。

雲崢見狀，開口打圓場。「爺爺，別怪我大姊，她也是為了孝敬我娘。您說我們一人家子都在這裡好吃好喝的，可是我娘呢，她在吃什麼？如果我姊不關心她，她還能指望誰呢？所以我姊說，讓我和雲綺代表她過來。」

說完雲崢站起身為曹振邦斟酒。「爺爺，我給您倒杯酒，祝您新的一年，萬事如意，身體健康。」

小傢伙這一番話把曹振邦說樂了，他沒想到這個小孫子竟然這麼會說話，端起酒杯笑咪咪地喝下。

「我孫子倒的酒就是好喝！」

曹振坤在一旁也跟著勸道：「大哥，這事不能怨水瑤，咱們都是為人子女，她的心情我能理解。雖然洛千雪已經不是咱們曹家的媳婦，可她還是三個孩子的親娘，水瑤這麼做，我倒覺得這孩子有孝心，應該稱讚她才是。」

曹雲鵬在一旁也幫女兒說了兩句好話。

齊淑玉在桌下推了兒子曹永博一把，那個野種都去討好老爺子，她兒子也不能落後，況且既然野種也是嫡子，那家產分配的問題就得看老爺子的態度了。

受了娘親指點，曹永博顛顛地跑去給曹振邦敬酒。

「爺爺，這是孫子敬您的，孫兒祝爺爺年年有今日，歲歲有今朝，曹家永遠繁榮昌盛。」

曹振邦開心地點頭。「好好好，爺爺喝了。都吃飯吧。」

雲崢和雲綺胃口小，吃沒多少就已經半飽了。

由於雲崢還想回去陪娘再吃一頓，便拉著雲綺跟大家說了一聲就先下桌。

「少爺，你慢點！」徐倩和李嬸在後面跟著。

「這飯吃的，還真不如回去吃呢！」徐倩嘆了口氣。

李嬸也跟著感嘆。「有錢人家都是這樣，吃飯就是交流的地方，哪是大快朵頤的時候？不過咱們回去後就可以放開肚子大吃，妳李叔給夫人那邊送不少東西呢！」

吃過飯，眾人一邊喝茶，一邊聊天。戚氏也不知怎麼的，突然發現老太太身邊好像少了一個大丫鬟。

「咦，夏荷呢，怎麼好久沒見到夏荷了？」

戚氏這一句話，大夥兒的目光紛紛聚焦到老太太這邊。

宋靜雯眼神閃爍，看向老太太。

老太太說得輕描淡寫。「哎呀，丫鬟大了，我把她嫁出去了，有什麼好奇怪的。」

水瑤不知道還有這一幕，她現在正跟弟弟妹妹們陪娘親暢懷共飲，連下面的護衛和丫鬟都賞不少酒菜和紅包。

一家人好像在老家一樣，熱鬧地聚在一起吃飯，人多了，這飯嚐起來也特別香。

雲崢和雲綺現在也不講究什麼餐桌禮儀了，用水瑤的話說，那是做給外人看的，在自己屋裡就要大大方方的吃，吃得越多，做飯的人就越有成就感。

「姊，這邊的飯菜比他們那邊好吃太多了，還是在咱們這裡吃得舒心！」

徐倩接著吐槽。「可不是，我看他們哪是吃飯啊，一個個動沒幾筷子就放下來，我都懷疑他們半夜會不會餓肚子！」

李嬸好笑地給徐倩挾幾塊排骨。「妳啊，吃飯還堵不上妳的嘴！其實也不光是曹家這樣，其他大戶人家也都差不多，不過我還是喜歡咱們這裡的氣氛，吃飯就是要吃得痛快，這客客氣氣的，吃了也沒滋味。」

水瑤邊吃邊看大家熱鬧地聊著天，心裡暗自祈求，希望大家新的一年都能平安無事。

「娘，晚上我們都留在這裡跟您一起睡吧！」

難得水瑤提出這個要求，洛千雪也無法不答應，況且今天她真的很開心，孩子們都到齊了，一個都沒少，就像夢中的那樣。

「呀，三老爺來了，快屋裡坐！」

小翠等人忙著給屋裡的人切水果和弄點心，因此曹雲鵬剛走進院子就被人發現了。

其實他就是想過來看看，外面鞭炮齊鳴，他不清楚這個偏院的娘幾個會是什麼狀況。千雪有吃到肉嗎？有新衣服穿嗎？

聽到曹雲鵬來了，洛千雪帶著孩子們走了出來。

曹雲鵬就站在院子中央，也沒再前進，因為他沒那立場和身分。

「晚上吃得怎麼樣？」他問。

「挺好的，有你發話，沒人敢苛待我。」洛千雪恬淡一笑。「不進來坐坐？」

曹雲鵬搖搖頭。「不了，我過來看看你們就走。」

水瑤看這兩人，心裡都替他們著急。爹放不下娘，而娘心中何嘗沒有爹呢？

「啊，爹，我正好有事找你。徐倩妳跟我過去，雲崢你們就在這裡玩，姊姊一會兒就回來。」

水瑤心裡有她的擔憂，有些事她得先跟這個爹通通氣。

兩人單獨去水瑤屋裡，由徐倩守著門，父女倆面對面坐下。

曹雲鵬可不知道自己閨女心裡那些彎彎繞繞，還以為這孩子要跟他提什麼要求。

水瑤一臉正色，看向曹雲鵬。「爹，您知道奶奶中毒了嗎？」雖然老太太叮囑她這事不要跟別人說，但曹雲鵬是她兒子，也能幫忙勸一下。

這消息差點沒把曹雲鵬這個兒子給炸懵。「什麼？這怎麼可能？我看她精神都挺好的啊！」

水瑤苦笑了一聲。「這毒容易上癮，然後讓人生不如死，這事您得去勸勸奶奶，讓她早點開始戒毒。另外，我想安排我娘出去，住在曹家，她的身分始終很尷尬，就說今天，曹家的人歡聚一堂，可是我娘呢？她也是有兒有女的人啊！我看她這樣孤單，真的很心痛，我寧願她到外面去，尋一片自由天空。」

她頓了頓，續道：「我猜我今晚的缺席，肯定會有人說三道四，可我不在意，我的娘親只有一個，那就是生我養我的人。」

曹雲鵬神情有些落寞。「妳娘一個女人能去哪裡，即便有人照顧，可是妳放心嗎？總之我是不放心。」

水瑤不由得苦笑。「爹，您不放心又如何，難不成您還想強留我娘在曹家，繼續看您跟那幾個姨娘卿卿我我？這讓我娘情何以堪？別忘了在您簽下和離書時，就等於是拋棄我娘了。您放心，我娘離開，對您或曹家構不成任何威脅，有我們在，你們還擔心什麼？」

曹雲鵬有些難堪，可在這個比大人還要犀利的孩子面前，他真的無法為自己辯駁，也辯駁不了。

因為他本身就沒做好，即便他現在拿出家長的威嚴，也怕這孩子會做出什麼過激的行為。雖然他沒領教過，但這前前後後的事，他也聽老太太說起過，這孩子只能安撫，不能用強。

「水瑤，不是我這個當爹的說假話，其實我也關心妳娘，只是爹有時候身不由己……」

水瑤搖搖頭，沒繼續在這個話題上打轉。

結束了跟曹雲鵬的對話，水瑤跟著徐倩回到洛千雪那裡，頭一個團聚的新年，大家要開心地過。

第二天一早，水瑤換上齊淑玉為他們準備的新衣服。

她的外套是桃粉色外加一條紅色的披風，雲崢和雲綺則是一套嶄新的衣裝。

小娃娃穿著倒是喜慶，主要是料子好，水瑤猜十有八九是從齊家那邊弄來的，畢竟即便是大富之家也未必會有這樣的料子，更遑論一般人家了。

其實他們自己準備的新衣都是以一般色系為主，誰平時沒事會穿著大紅色的衣服滿街走，不過只有過年這一天也無所謂，就當給齊淑玉一個面子吧。

她帶著雲崢和雲綺先去給老太太和老爺子拜年，剛進屋，就看到齊淑玉帶著三個孩子坐在裡頭，水瑤都不得不佩服她這份勤快勁。

「喲，你們這穿著可真喜慶，好看好看！」老太太讚道。

水瑤笑著解釋道：「祖母，這還得感謝齊姨娘呢，都是她幫我們準備的。」

這次齊淑玉並沒因為水瑤喊她「姨娘」而動火氣，反而笑得很開心，這笑容看在水瑤眼裡，有種說不出的怪異。

「好好好，過年了，穿點鮮豔的顏色才好看，你們還小呢，我這老婆子就算想穿也穿不來了。來，這是祖母給你們的壓歲錢。」老太太笑道。

曹振邦也一人發了一個紅包。

「祖母，聽說外面可熱鬧了，我們拜完年能不能出去瞧瞧熱鬧啊？」這話是曹可盈問的。

老太太猶豫了下，點點頭。「平時你們都在家裡拘著，難得過年，出去走走看看也是好事。先去給你們叔爺爺、奶奶們拜年，拜完了再去，注意安全，早去早回，大的要帶著小的，互相照顧一些。」

曹燕琳一聽說可以出去，差點都要跳起來了，幸好她還記得這是在老太太屋裡。出去之後，她拉著水瑤他們的手不停歡呼。「快走吧，別去晚了，街上什麼都沒了！」

# 第六十章

這一圈拜年下來，水瑤他們收到無數個紅包，看看這兜裡、手裡拿著的東西，水瑤便提議先回去放東西。

「妳這丫頭，就妳事情多。」曹燕琳嗔道。

水瑤不好意思地笑了笑。「好不容易收到這麼多紅包，我當然得趕緊回去收好，否則帶這麼多東西上街，還要擔心會被小偷摸走。我們馬上就回來，你們也回去準備準備，咱們在大門口集合。」

曹可盈冷哼一聲。「窮人多作怪，那麼好的衣服給妳穿都可惜了。」

其實她一直妒忌水瑤身上那件貢緞披風，那還是從外公家要來的，上面的繡功和料子外面都找不著。

水瑤怎麼可能沒看到曹可盈那妒忌的眼神，她也不明白齊淑玉為什麼會給她做這麼一件挺費銀子的紅披風。不過看到曹可盈那赤裸裸的眼神，她的心情不免舒暢。

「妹妹，如果妳喜歡這件披風，我可以送給妳，我瞧這披風配妳手上的寶石鐲子，那可真是完美。雖然姊姊我這個人比較窮，但我還是挺大方的。」

曹可盈瞪大眼睛，不可思議地看向水瑤，沒想到她竟然會猜到自己的想法。

水瑤笑道：「一會兒出去我就送給妳，反正我這寒酸樣穿這麼一件好衣服，還真的不大配。」

「那還差不多。」曹可盈哼道。

水瑤帶雲崢他們回去放東西，自己又換上另一件紅披風，雖然布料不如齊淑玉給的那件華麗，可卻實惠，裡子是白色的狐狸皮，比這個要保暖多了。

她把齊淑玉那件紅披風挾在腋下，拉著兩個小的到大門口集合。

齊淑玉遠遠望著水瑤穿著紅色披風出來，眼中頓時閃過一抹別人察覺不到的得意，別人看她那一臉慈祥的笑，還以為她是看孩子們開心呢。

「三嫂，快點啊，咱們也去叔叔、嬸子家坐坐。」

齊淑玉不得不跟著妯娌一起離開，因此並沒看到女兒從水瑤手裡接過披風那一幕。

街上熱鬧非凡，平時節儉的百姓在過年期間也不吝嗇了，帶著孩子出來逛逛，順便買點零食。雲崢他們看到其他孩子手裡拿的糖葫蘆，一個個饞得差點要流口水了。

「別急，我都打聽過了，前面就有賣糖葫蘆的。」水瑤笑道。

曹雲祖家的老三曹永強邊走邊跟大家道：「都跟上，別走丟了，雖然離家不遠，可架不住人多，要是有個三長兩短的，多晦氣。」

曹可盈帶著弟弟、妹妹和下人跟在後面，不過離得有些遠，她娘囑咐過她離這野丫頭遠一點。自從這個姊姊來了，家裡的事情接連發生，這個水瑤就不是個吉祥的人。

她低頭看看手裡的紅披風，喜孜孜地披到肩上。

「小姐，要不要回去再穿？這街上都是人，萬一誰手賤抓一把，好好的料子就毀了。」丫鬟勸道。

「哼，多嘴，不是有你們在我身邊嗎，誰會抓我衣服？」

見主子不開心，身邊的人也不敢說話，只能緊緊跟在左右。

各式各樣的雜耍出現在街頭，大夥兒就這麼走走看看，距離越拉越遠，好在各自的下人都跟在身邊。

水瑤本來就對這東西不是很有興趣，就這麼走走停停，終於到人潮比較少的地方。

她見前面就是美食街，還能看到大堂姊他們的身影，心總算放下了，沒跟丟就好。

「快閃開，牛瘋了！」街上突然有人大喊。

水瑤心裡咯噔一下，拉著雲綺和雲崢就往後面躲。

那牛四處亂撞，人群四散逃開，突然，那牛轉到水瑤的方向，眼睛一亮，瞬間往她這個方向衝。

「徐倩，看好他們倆！」

水瑤一跑開，這隻牛就像塊磁鐵似的朝水瑤衝過去，連看都沒看躲在柱子後面的雲崢他們幾個。

「怪了，這牛是怎麼回事，怎麼光盯著小姐跑？」徐倩喃喃道。

水瑤邊跑邊把身上的披風解下來，換到另外一面，也就是白色裘皮那面。她清楚自己的速度沒牛快，所以把披風換面披上後，就迅速躲到一處宅子門口的石獅子後面。

那牛好像跟丟了目標似的，喘著粗氣，蹬著前蹄，四周望了望。

水瑤和牠的眼神對上，嚇得趕緊又躲到石獅子後面，那牛在原地稍一愣神，又撒開蹄子朝遠處的人群衝了過去。

遠處看熱鬧的人還不知道發生了什麼事，就被逃過來的人潮給弄懵了。

「快跑啊，牛瘋了——」

有人這麼一嚷，誰還有心情去看熱鬧，當然是保命要緊。

可過年人潮本來就多，都擠在街道兩旁，這麼一亂，這擠倒踩踏難免發生。

水瑤望著遠去的瘋牛，總算能好好地喘口氣。

「水瑤？妳怎麼在這裡？」

江子俊帶著青影從另外一個方向跑過來，他們看這邊鬧哄哄的，便過來瞧瞧到底是怎麼回事，不經意間竟然發現躲在石獅子後面的水瑤。

水瑤的臉色有些難看，苦笑一聲。「我就是被一頭瘋牛追到這裡……你們沒遭殃吧？」

江子俊搖搖頭。「我們沒事，妳怎麼樣了？」

水瑤吐出一口氣，自我調侃。「老天爺垂愛，我算是大難不死，必有後福，連瘋牛都奈何不了我！」

不過看著遠處哭爹喊娘的人群，水瑤眼裡不由得閃過一抹同情。

江子俊朝青影吩咐道：「去把牛殺了吧，否則只會有更多百姓受傷。」

水瑤四處看了看。「怎麼沒看到這牛的主人？」

江子俊也四處張望，接著像是想到什麼，眼神頓時一冷。「水瑤，這事不會是針對妳的吧？」

「我就猜是那個齊淑玉要害我……」她跟江子俊說了紅披風的事。

另一頭，曹可盈遵照她娘的囑咐離水瑤他們遠遠的，只是她千算萬算卻沒算到，這街上會出現瘋牛。

在下人的保護下，她只想儘快離開這裡，只不過這時所有人都在逃命，沒有人會因為她是知府的女兒就先讓出一條路。

那隻牛繼續在人群裡衝撞，不少人都受了傷——

雲崢他們也不放心，一看到牛往人群處衝去，徐倩就帶著雙胞胎過來找水瑤。

「姊，妳沒事吧？」雲崢著急地問。

「姊，我都快嚇死了……」雲綺到底是女孩子，跟雲崢沒法比，看到水瑤撲上前就哭。

「好了好了，姊姊沒事，你們看姊姊不是好好的嗎？」水瑤抱著哭得上氣不接下氣的妹妹好一頓安慰，這才讓雲綺止住眼淚。

「咦，那個是青影？」雲崢眼尖，看到飛奔而來的人不由得喊出聲。

「小傢伙還認識我啊？不錯不錯！」青影抱起雲崢，難得開起玩笑。

「怎麼樣，牛死了？」江子俊問。

青影點點頭。「不過不少人受了傷，估計也有人死了，衙門的人應該很快就會過來，咱們走吧！」

「水瑤——」這時遠處傳來曹永強的呼喊聲。

江子俊嘆了口氣。「得，你們家的人找過來了，我們還是先離開吧，有什麼事回頭再說。」很快的，兩人的身影就消失在視線中。

水瑤朝曹永強的方向揮揮手。「我在這裡——」

曹永強見狀，帶著護衛急匆匆跑過來。「你們怎麼樣，沒事吧？」

水瑤搖搖頭。「你們呢？」

曹永強嘆口氣。「我們是沒事，不過曹可盈可有事了，她被瘋牛頂到，這回可慘了，已經讓護衛送到醫館去，我這不是不放心你們，這才過來找。沒事的話咱們就趕緊回家去，這大過年的，真夠晦氣的。」

曹家，老太太聽說孫女出事了，哪還坐得住，趕緊喊人過去看看。

「老三呢，他去哪兒了？」

「老太太，街上都亂了套，死的死、傷的傷，老爺接到消息已經過去看了。」
齊淑玉一聽說女兒被瘋牛頂到了，立時哭倒在地，下人們七手八腳才把她抬回屋裡。
齊淑玉緩過來，開始邊哭邊罵。「都是那個喪門星，不是她，我閨女怎麼會出事……」
「夫人，您小聲點，小心讓人聽見了……」梅香邊勸邊往外張望，沒有人比她更清楚這是怎麼回事。
「我不罵，我這心裡能好受嗎？我得趕緊去看看孩子！」
「娘！」
曹永博一臉淚水地衝進來，眼中都是驚恐，他也是被剛才那瘋牛頂人的一幕給嚇到了，到現在都忘不了姊姊身上冒血的畫面。
齊淑玉抱著衝進來的兒子，還不忘安慰。「永博不怕，娘就在這裡，沒事了，你乖乖跟奶娘他們在家裡待著，娘去看你姊姊。」
女兒還躺在醫館裡，也不知道情況怎麼樣，就是有天大的事情也沒女兒重要。
水瑤他們回來時，齊淑玉已經奔向醫館了，姊弟三人過去跟老太太說明一下情況。
「妳說那牛突然發瘋，奔著你們來？」
水瑤搖搖頭。「不，不是突然發瘋，而是老遠就聽人喊了這麼一句，然後牛就朝著我們奔來，後來我把披風摘了，那牛就往人群奔去了。」
老太太抬眼看了一下水瑤的穿著，的確是件大紅色的披風。她若有所思地揮揮手。「你們先回去好好休息，大過年的遇上這樣的事情，回去記得喝點壓驚的藥。」

水瑤他們離開後，老太太坐在椅子上沈默半天。

她不是那種無知小兒，那牛為什麼會盯著水瑤，她心裡當然清楚，問題是今天這事是意外，還是有人針對水瑤呢？

如果是意外則罷，這是誰也無法估量的事情，可若是有意，那就需要好好琢磨了，那紅色披風可是齊淑玉準備的，牛見到紅色就會發瘋，這事一般人還真的不大清楚，那齊淑玉到底知不知道呢？

「老太太？」春蘭看老太太像是老僧入定，還以為出了什麼狀況，趕緊喊了一聲。

老太太回過神來。「春蘭，給我倒點熱茶，我怎麼覺得身上有些冷呢？」

曹振邦處理完事情走進來，一抬眼就看見自家老婆子呆呆地坐著。

「妳怎麼了？」

「唉，我覺得這家裡的事情越來越多了，怎麼連過個年都不消停，再這樣下去，我看不如分家得了。」

「淨說胡話，大過年的提這事幹麼？」曹振邦怒斥。

老太太嘆了口氣，指指對面的椅子。「你先坐下，我有事情要跟你說……」

老太太把她中毒的事告訴自家老爺子。

曹振邦一副不可置信的表情。「真的？」

老太太失笑。「你說我能拿這事開玩笑？沒想到事情落到自己身上，才覺得平時那些爭啊、鬥啊是件多麼可笑的事。」

曹振邦頭一次發現髮妻是真的老了，早已不是當年跟自己四處奔走談生意、能說會道的年輕媳婦。

「還有我呢，妳肯定會沒事的，不是說了這可以戒掉嗎？那咱們就戒掉，到時候我陪著妳。」

老太太欣慰地拍拍老伴的手。「今天這事，我猜十有八九是老三這個媳婦搞的鬼，只是沒害成水瑤，反而害了自己的女兒。」

曹振邦愣住了。「妳說齊淑玉搞的鬼，這到底是怎麼回事？」

老太太冷哼了一聲。「她真當我們是傻子不成？今天水瑤穿的是什麼衣服，老爺你還記得嗎？」

曹振邦一臉猶疑。「妳說是紅色的？」說完眨巴眼睛，一副不解的表情。「這紅色跟瘋牛有什麼關係，她能控制牛發瘋不成？」

老太太搖搖頭。「老爺，你還記得當年我們南下時，跟咱們第一個談生意的人在酒桌上說的一件事嗎？」

——未完，待續，請看文創風604《鎮家之寶》3

一百種
書式生活

2018 線上書

# 鴻映雪

## 巾幗本色，萬夫莫敵

虧她乃將門虎女，先是誤信閨密，後來錯嫁薄情郎，
把人生好局打到爛，真是愚昧得可以！
如今重生後她脫胎換骨了，
還不運用謀略，好好博一把來改寫人生？

文創風 606-610《卿本娘子漢》全套五冊

想她顏寧前世就是蠢死在身邊人的算計下，
縱然她擁有一身武藝謀略及大好家世背景，
最終卻遭廢后慘死、抄家滅族，
想想自己一手好牌能打成這樣，
無怪乎老天爺也看不下去，給她重生的機會。
而今她洞燭機先了，翻轉顏家命數是勢在必行！
於是，她一方面對昔日閨密和薄情郎還以顏色；
另一方面跟鎮南王世子培養出患難與共的情誼……
在步步為營、處心積慮的算計之下，
顏家最終趨吉避凶，她也一戰成巾幗英雄，
人生至此看似春風得意，感情也有了著落，
無奈再如何封賞，都難以改變男人納妾乃天經地義。
看來要讓未來夫婿與她實踐一生一世一雙人，
只好祭出顏家老祖宗的規矩——打趴他，讓他立誓永不納妾！



**2/13陸續出版**。原價250元/本，**書展特價188元/本**

一百種
書式生活

雷恩那(含小別冊)+莫顏+宋雨桐 三套簽名書合售
原價920，**限定價666**（請至過年套組購物車點選）

2018 線上書展

# 雷 恩那

新年首發，
眾所期待

傳聞「寓清入濁世、秉筆寫江湖」的乘清閣閣主，
馭氣之術蓋世絕倫，有「江湖第一美」稱號。
而她只是一個武林盟大西分舵的小小分舵主。
兩人曾於多年前結下不解之緣，後卻不明不白分別，
如今再次相見，他竟說有求於她？!

橘子說 1256.1257

## 《求娶嫣然弟弟》上+下

那年天災肆虐，惠羽賢曾瑟縮在少年公子懷裡顫抖，
他明亮似陽，溫柔如月光，令她驚懼的心有了依靠，
她天真以為可以依賴他到底，未料卻遭到他的「棄養」，
多年後再會，名聲顯赫的他已認不出她，她卻一直將他記在心底。
江湖皆傳乘清閣閣主凌淵然孤傲出塵、淡漠冷峻，
怎麼她眼裡所見的他盡是痞氣，耍起無賴比誰都在行！
她隱瞞往昔那段緣分，卻不知他看上她哪一點，硬要與她「義結金蘭」，
他變成她的「愚兄」，而她是他的「賢弟」，她認命地為他所用，
但即使她真把一條命押在他身上，為他兩肋插刀，
他也不能因為頂不住老祖宗的威迫，就把傳宗接代的大任丟給她承擔啊！
儘管如此，他仍是她真心仰望的那人，
只是她都已這般努力，終於相信自己能伴著他昂揚而立，
他又怎能輕易反悔，棄她而去？

**2/6出版**，上下不分售。原價440元/套，**書展特價330元/套**，還有限量簽名版！
小粉絲專屬 **+30元** 就能擁有**大老爺系列**番外小別冊〈**妻寶大丈夫**〉，只有書展才有唷！

# 莫顏

創意天后最新力作，
四大護法情有所屬

寒倚天身為丞相之子，為打聽妹妹寒曉昭的下落，
不得不贖回青樓花魁，豈料竟是引狼入室?!
江湖計謀，難辨真假，
誰輸誰贏，就看誰的手段更高明……

橘子說 1258

## 《戲冤家》【四大護法之一】

巫離是狐媚的女人，但扮起花心男人，連淫賊都自嘆不如。
巫嵐看起來是個君子，但若要誘拐女人，貞節烈女也能束手就擒。
兩位護法奉命出谷抓人，該以完成任務為主，絕不節外生枝，
可遇上美色當前，不吃好像有點說不過去。
「你別動我的女人。」巫離插腰警告道。
「行，妳也別動我的男人。」巫嵐雙臂橫胸。
巫離很糾結，她想吃寒倚天，偏偏這男人是巫嵐的相公。
巫嵐也很糾結，他想對寒曉昭下手，偏偏這姑娘是巫離的娘子。
「昭兒是好姑娘，不能糟蹋。」巫離義正辭嚴地說。
巫嵐挑眉。「那妳就能糟蹋那個寒倚天？」
巫離笑得沒心沒肺。「這不一樣，那男人可是很願意被我糟蹋。」
巫嵐面上搖頭嘆氣，心下卻在邪笑，
那麼他也想辦法讓寒曉昭願意來「糟蹋」他吧……

**2/6出版**。原價250元/本，**書展特價188元/本**，還有限量簽名版！
**建議搭配**《江湖謠言之雙面嬌姑娘》、《江湖謠言之捉拿美人欽犯》一起享用，
風味更佳，書展期間只要**六折**喔！

雷恩那(含小別冊)+莫顏+宋雨桐 三套簽名書合售
原價920，**限定價666**(請至過年套組購物車點選)

2018 線上書展

# 宋雨桐

教你不能不愛的浪漫女王

一會兒是性感火辣的小妖姬，一會兒是古板無趣的老女人，
不變的是，她走到哪都會招來無數的大小桃花……

橘子說 1259

## 《那年花開燦爛》

算命的說，她命中帶桃花，走到哪都要招蜂引蝶一番；
果真，從小到大，她身邊總是不乏各式各樣的爛桃花。
別的女人害怕嫁不出去，巴不得求神佛賜予桃花運，
夏葉卻剛好相反，迫不及待想要徹底趕走身邊的大小桃花！
沒想到她都躲在家裡當個離塵而居的文字工作者了，
依然逃不過，還招來她生命裡最美、最燦爛的一朵花……
風晉北，長得比花還美，強大氣場足以驅離其他爛桃花，
他一出場，百花低頭，全員退散，簡直比符咒還有效！
這麼好的東西她應該隨身攜帶才是，怎麼可以輕易放過他？
可，他那又美又邪又清純的模樣常讓她有點神智錯亂，
還有那陰陽怪氣又霸道無比的性子，簡直連天皇都比不上，
她豈能收服得了他？那簡直是不可能的任務……

**2/6出版**，原價200元/本，**書展特價150元/本**，還有限量簽名版！

攜手度患難，並肩共白首／盼雨

2018年1月出版

# 神力小福妻

世道混亂，民不聊生。
她一個小孤女，如何才能生存？

**文創風 596 1**

辛湖穿越成了個小丫頭，孤身一人苦哈哈的在山洞中求生，
身無長物，唯有一身怪力能保障安全。
循著記憶尋找人煙，她意外的救下一對母子，
無奈那母親不久後便病逝了，餘下男孩——陳大郎與她同行。
誰知他雖年幼，卻莫名成熟，還一本正經向她求親？
她好笑地逗他幾句，就這樣糊裡糊塗談成了婚約。
這意外獲得的「小老公」，使她不再倉皇無措，
儘管未來渺茫，但她不再是孤身一人……

**文創風 597 2**

陳大郎重生了，但他差點兒比上輩子還短命，
還好一個怪力小丫頭出現，從惡徒手中救了他和母親。
然而母親敵不過病魔，他僅能與小丫頭——辛湖在亂世中結伴。
一路上兩人碰上了許多慘事，還救了幾個孩子，
或許是天佑好人，他們幸運地發現一個隱蔽的荒村。
有了遮風避雨的屋子，他心頭充滿希望，
就算世道艱難，他也會照顧好這輩子的「家人」！

**文創風 598 3**

辛湖笑著看顧在村內跑跳的孩童，
蘆葦村如今已不再荒蕪，還多了人煙，
村民平日種田打獵、相互幫助，日子溫飽且平安。
然而村中男丁採買油鹽時，卻遇到了朝中平亂勢力，
為了闖出名堂，男人們加入了軍隊，包括已是少年的陳大郎。
見他灑然離去，承擔重任的她心頭發堵，
但她明白，他不應受困淺灘，該在天空翱翔……

**文創風 599 4 完**

辛湖收到了陳大郎功成名就的消息，
歡喜他安全無恙之餘，卻難免憂慮當年的口頭婚約。
兒時生活艱苦，兩人皆以兄妹相稱，
這事只有他們彼此知道，就算不履行也無所謂。
況且兩人多年未見，只以書信往來，根本沒有愛情火花嘛～～
說不定……他在京城找到了意中人呢！
唉呀！這可不行，她得上京把這事弄清楚，
否則她等成了老姑娘，哪裡還有機會談戀愛？

結髮為夫妻　恩愛兩不疑／初靈

2017年12月出版

# 財神嫁臨

她很慶幸自己穿成了周家阿奶的心肝寶貝，
否則她手不能提、肩不能挑的，光是下田都能累死她，
基本上，只要能吃飽飽、穿暖暖地過著小日子她就很滿足了，
偏生她阿奶是個能折騰人的，鎮日裡領著全家幹活，朝錢堆奔去……

文創風 590 1

若問誰是周家阿奶心中的好乖乖、金疙瘩，絕非周芸芸莫屬，
至於其他兒孫們，對阿奶來說，那就是一幫子蠢貨！
說起來，這都得歸功於小時候阿奶揹著她上山打豬草時，
她不小心從背簍裡跌了出來，然後正好摔在一顆大蘿蔔上，
待阿奶回身想將她撈起來時，卻發現她抱著蘿蔔，死活不肯撒手，
沒奈何，阿奶只得連人帶蘿蔔一道兒打包帶走，
回頭才曉得那根本是人參不是蘿蔔啊，還足足賣了二百兩銀子呢！
若只一次也就算了，偏這樣的事情陸續又發生了好幾回，
所以說，阿奶只差沒將她供起來，早晚三炷香地拜了！

文創風 591 2

有阿奶在前面擋著，周芸芸在周家簡直就是要風得風、要雨得雨，
這不，就連她從山上帶了頭猛獸回家養，阿奶都沒二話，
好在她天生就不是那種頤指氣使、養尊處優的大小姐，
她的萌寵會往家裡送糧食，她本人當然也不是個吃白食的，
什麼甜甜圈、棉花糖、花占餅、燒烤等等，那就是信手拈來的東西，
不過東西雖好，還要有門路推銷出去才能賺上錢，
恰巧，阿奶因緣際會地遇到個「有錢人家的傻兒子」，
他們一個願打，一個願挨，真真是天造地設的生意好伙伴，
為了讓喜愛賺錢的阿奶數錢數到手軟，她不使出十八般武藝成嗎？

文創風 592 3

這年的冬天來得特別早，人和動物們都來不及囤積足以過冬的食物，
阿奶說「大雪封山，虎狼下山」，懼的不是虎，狼群才可怕，
雖說也有孤狼，可那是打前哨的，而且，狼還格外的記仇，
若是宰殺了其中一匹，狼群就會一次次地上門，不死不休。
這一夜，狼來了，周家謹記阿奶的交代，僅把受傷的孤狼嚇跑，
然而去往老林家的那匹孤狼卻因咬死兩人、傷了兩人而被打死，
不僅如此，悲憤的老林家還把那匹狼給扒皮燉爛，直接煮來吃了！
結果沒過兩日，周芸芸就聽聞慘案發生了，群狼直奔老林家，
除了先前那兩名傷患以及送他們去鎮上就醫的，餘下無一倖存……

文創風 593 4 完

孟秀才這號人物，周芸芸多少還是知道一些的，
據說他年紀輕輕就考上了秀才，本該接著考舉人、進士的，
可惜大雪封山那年他爹娘意外過世，他須守孝三年，不得應考；
然後，她還知道他家很窮，窮到院門破破爛爛，門窗關不住風，
可說也奇怪，他家窮成這樣他都沒餓死，竟還有辦法繼續讀書呢！
不過，這些基本上都不干她的事，他們八竿子就打不到一塊兒去，
偏偏她家大伯娘居然犯蠢地設計起她和孟秀才，把他們推入水田裡，
這下可好，她名節受損，逼得他不得不上門提親，以示負責，
唉唉，連她這個受害者都忍不住要同情起他了啊……

# 為流浪貓狗加油 和貓寶貝 狗寶貝

## 廝守終生(一定要終生喔！)的幸福機會

對人來說，貓寶貝狗寶貝只是生活的一部分，但妳（你）對牠們來說，卻是生活的全部，領養前請一定要考慮清楚——

### ▲ 等著回家的小男孩 Q霸

性　　別：男生
品　　種：米克斯
年　　紀：5個月大
個　　性：親人、活潑、聰明
健康狀況：已結紮，2017年已施打疫苗。
目前住所：台中市霧峰區

## 『Q霸』的故事：

Q霸是和其他4個兄弟姊妹一起在台中霧峰山區裡被發現的，中途不忍心將這些可愛的毛孩子留在山裡，便將其帶下山，妥善照顧。

事實上，Q霸短暫有過幸福的日子。因為生得特別討喜、可愛，當時很快就有人願意認養Q霸；然而，萬萬沒想到，對方卻很快地反悔了。Q霸對那個曾待過的家其實已經有了感情、信任，也第一次有了專屬於自己的疼愛，可終究還是失去了。Q霸那時好似也知道自己被退養，中途感受得出牠的情緒很低落，因而很心疼牠。

Q霸很親人，是個活潑又聰明的毛孩子，中途希望能為牠找到一個美好的家，讓Q霸再次擁有曾感受過的溫暖，能夠一直一直的幸福下去。若您願意讓Q霸永遠有家的幸福及溫暖，歡迎來信leader1998@gmail.com（陳小姐），或傳Line：leader1998，或是搜尋臉書專頁：狗狗山-Gougoushan。

**認養資格：**

1. 認養者須年滿20歲，有穩定經濟能力，並獲得全家人的同意。
2. 須同意簽認養寵物切結書，並讓中途瞭解Q霸以後的生活環境。
3. 同意送養人日後之追蹤探訪，對待Q霸不離不棄。
4. 同意讓Q霸絕育，且不可長期關、綁著Q霸，亦不可隨意放養。
5. 為讓中途對您有更深入的瞭解，中途會先有份線上問卷請您填寫。

**來信請說明：**

a. 個人基本資料：姓名、性別、年齡、家庭狀況、職業與經濟來源等。
b. 想認養Q霸的理由。
c. 過去養寵物的經驗，及簡介一下您的飼養環境。
d. 若未來有結婚、懷孕、出國或搬家等計劃，將如何安置Q霸？

文創風
603

鎮家之寶 2

國家圖書館出版品預行編目資料

鎮家之寶 / 皓月著. --
初版. -- 臺北市 : 狗屋, 2018.01-
冊 ; 公分. --（文創風）
ISBN 978-986-328-824-4（第2冊：平裝）. --

857.7 106021474

| | |
|---|---|
| 著作者 | 皓月 |
| 編輯 | 王冠之 |
| 校對 | 黃亭蓁　周貝桂 |
| 發行所 | 狗屋出版社有限公司 |
| 地址 | 台北市104中山區龍江路71巷15號1樓 |
| 電話 | 02-2776-5889～0 |
| 發行字號 | 局版台業字845號 |
| 法律顧問 | 蕭雄淋律師 |
| 總經銷 | 知遠文化事業有限公司 |
| 電話 | 02-2664-8800 |
| 初版 | 2018年1月 |
| 國際書碼 | ISBN-13　978-986-328-824-4 |

本著作物由起點中文網（www.qidian.com）授權出版

定價250元
狗屋劃撥帳號：19001626
網址：love.doghouse.com.tw　E-mail：love@doghouse.com.tw